长相忆集

我与文坛名家的往事

陈子善 著

中国出版集团 东方出版中心

图书在版编目（CIP）数据

长相忆集：我与文坛名家的往事 / 陈子善著.
上海：东方出版中心, 2024. 8. -- ISBN 978-7-5473
-2477-6

Ⅰ. I267.1

中国国家版本馆CIP数据核字第2024R95D48号

长相忆集：我与文坛名家的往事

著　　者　陈子善
责任编辑　张馨予
封面设计　钟　颖

出 版 人　陈义望
出版发行　东方出版中心
地　　址　上海市仙霞路345号
邮政编码　200336
电　　话　021-62417400
印 刷 者　上海盛通时代印刷有限公司

开　　本　787mm×1092mm　1/32
印　　张　9.125
字　　数　170千字
版　　次　2024年8月第1版
印　　次　2024年8月第1次印刷
定　　价　78.00元

版权所有　侵权必究
如图书有印装质量问题，请寄回本社出版部调换或拨打021-62597596联系。

自　序

2021年2月，承北京《传记文学》编辑部美意，我在该刊上开设了一个不定期专栏，栏名叫作"子善专栏"。在《开栏的话》中，我这样写道：

> 屈指一算，我踏进研究中国现代文学史的门槛已经四十多年了。在这段不短的时间里，由于各种机缘，我结识了海内外不少文坛前辈，或通信求教，或耳濡目染，或仅文字之交，但收获着实不少。这些前辈已先后隐入历史，而我也已步入老年，他们的一些言、若干事，如再不记下来，恐怕真的要随风逝去了。于是就有了写一写"往事漫忆"的冲动。正好《传记文学》编者热诚约稿，那就试着一篇篇写吧，只是我文笔枯涩，希望不致使读者诸君失望。

"子善专栏"断断续续维持了两年,到 2022 年 11 月,总共刊出了十篇回忆文字,据说不少篇目受到读者的关注。我因此获得了《传记文学》"2022 年度创作类最佳作者"称号,《赵清阁先生未了的遗愿》一文又被评为该刊"2022 年度最佳单篇及年度最佳微信公众号浏览量作品",殊出乎我的意料。

从 2017 年到 2023 年,我另在上海《世纪》、《新民晚报·夜光杯》、香港《明报·世纪》以及网络媒体等发表了一些或长或短的文字,以寄托对这个时间段里离世的前辈师长和同辈友人的怀念。

写这些纪念文字,尤其是"子善专栏"文章,我一方面追忆与逝者的交往始末,另一方面也认真作了一些查考,力图回到历史现场,在中国现当代文学史的脉络里展示他们的文学功绩和对后人的启示。

现在,我就把这两部分文章合为一帙,加上一篇怀念钱谷融先生的新作,略加修订后付梓。全书分为上下两编,均以被忆者的年齿为序。

唐代杜甫写前辈李白的诗《梦李白二首》第一首中,有"故人入我梦,明我长相忆"句,我很喜欢。于是,这本怀人忆事文集就题作:长相忆集。

陈子善

甲辰正月初五于海上梅川书舍

目 录

自序 / 001

上编

冰心先生与我 / 003
我给许杰先生当助手 / 009
琐忆聂绀弩先生 / 023
向冯至先生约稿 / 038
我所知道的陈无言先生 / 059
与周而复先生的一段交往 / 074
赵清阁先生未了的遗愿 / 085
刘以鬯先生培养了我 / 111
1980年代与黄裳先生的交往 / 121
记忆中的钱谷融先生 / 138
张爱玲《书不尽言》中的我 / 160
王仰晨先生的信和《巴金译文全集》 / 169

	我与"莎斋"主人的过从	/ 176
	"博物"作家枕书先生	/ 200
	冯铁五周年祭	/ 214

下编	感恩徐中玉先生	/ 229
	饶宗颐先生赠诗	/ 232
	忆金大侠查先生	/ 235
	姜德明先生给我的四通信	/ 238
	著作等身的范伯群先生	/ 248
	忆林文月先生	/ 251
	傅聪先生读过的书	/ 257
	痛悼刘绍铭先生	/ 260
	与戴天先生的两次见面	/ 264
	忆古剑兄	/ 268
	导演"作家身影"的雷骧先生	/ 271
	悼林曼叔先生	/ 274
	穿解放鞋的古苍梧先生	/ 278
	不断转我微信的曹景行先生	/ 281

上编

冰心先生与我

我从未见过冰心先生。当年向德高望重的文坛前辈请益，我始终遵循这样一个原则：无事不打扰，万一有事求教，能写信就写信。这是已故的包子衍先生告诉我的办法。这些文坛前辈劫后幸存，已时不我待，不到万不得已，不应去麻烦他们。也是在这样的背景下，我与冰心先生在一年之内通了三次信，得到了她老人家的热情帮助。

冰心先生第一次给我写信是在 1991 年 3 月 7 日。当天冰心日记有明确记载："上午，写陈子善（上海，为台湾《联合报》稿子事）、马小弥、福建叶礼旋（他要用钢笔写）三信。"此信我早已忘了，最近一个偶然的机会才检出，不免意外之喜。先照录如下：

子善先生：

来函敬悉，关于台湾《联合报》要稿的事，我实在太忙了，精神也不太好。他们如喜欢我在《文汇报》上的文章，不知可否和《文汇报》商量，让他们转载，我反正已和《文汇报》约好写稿的。这事只好拜托了。

春寒，望珍摄。

冰心　三，七，一九九一

我自1980年代后期起，为台湾《联合报》和《中国时报》副刊撰稿，尤其与《联副》主编、诗人瘂弦先生建立了经常联系。瘂弦先生对大陆老一辈文坛名家十分敬重，来信嘱我代为约稿，冰心先生即为其中之一。所以，我是受瘂弦先生之托，第一次给冰心先生写信。这封信就是她老人家给我的答复。古人说见字如面，收到先生这封信，我就能感受到先生的慈祥、通达和周到。记得我后来在《文汇报·笔会》上见到冰心先生的新作，就剪寄瘂弦先生供他选用，自以为为两岸文学交流尽了一点微力。

先生第二次给我写信是1991年9月5日。当天冰心日记也有明确记载："我写五弟、铁凝、上海师大陈子善（说周作人事），三信发。"我当时正在编选回忆周作人的《闲话周作人》一书（后于1996年7月由浙江文艺出版社出版），因此想到冰心先生是周作人在燕京大学任教时的学生，她的第二本新诗集《春水》就是列为周作人主编的"新潮社文艺丛书"第一种出

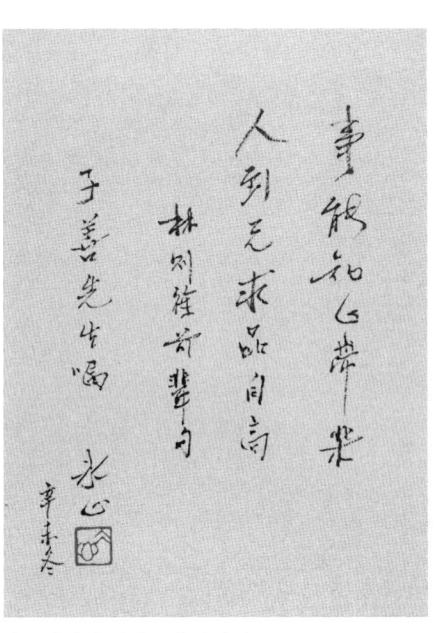

冰心先生书赠陈子善的对联

版的，周作人还长期保存了《春水》的手稿，丛书第三种就是鲁迅的代表作《呐喊》。而她的毕业论文导师也是周作人，于是就斗胆去信请求她撰文回忆周作人。这是先生对我求稿的答复，很实在，很有意思，也很具史料价值：

子善先生：

您信早拜领，因忙未即覆，为歉。

关于周作人先生，我实在没有什么话说，我在燕大末一年，1923年曾上过他的课，他很木讷，不像他的文章那么洒脱，上课时打开书包，也不看学生，小心地讲他的，不像别的老师，和学生至少对看一眼。我的毕业论文《论元代的戏曲》，是请他当导师的，我写完交给他看，他改也没改，就通过了。

匆匆祝好！

冰心　九，五，一九九一

先生第三次给我写信是1991年12月30日，当天冰心日记仍有明确记载："上午，写成都赵如晏、上海陈子善（附字）、成都龚明德（写字），三信发。"这封信不知放在哪里，但信中所"附字"一直挂在我书房里，也照录如下：

事能知（足）心常乐

人到无求品自高

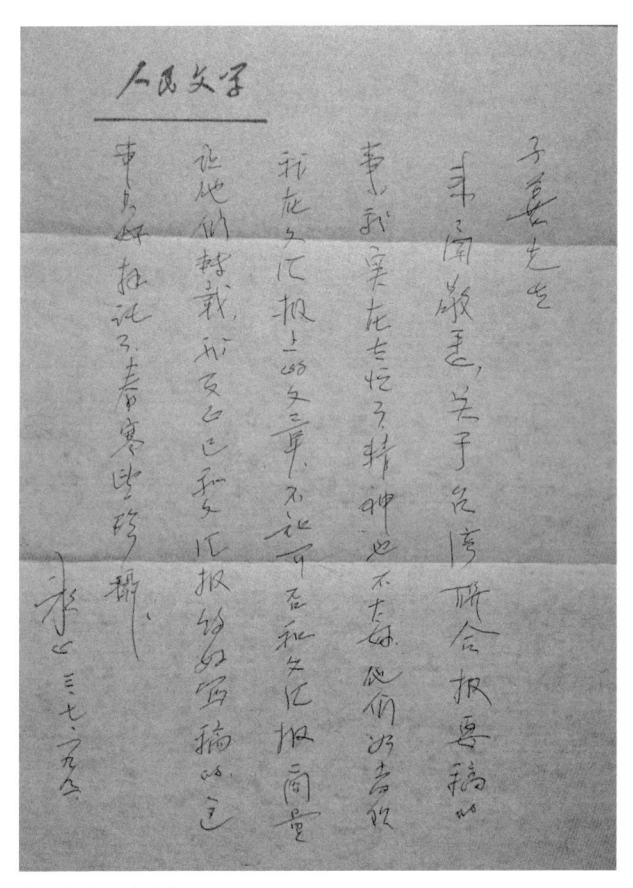

子善先生：

来示闻悉，关于沈从文的《联合报》要稿，我不爱在《传记文学》上约稿，我不爱在他去世后写纪念他的文章，不论好坏，我不想和《联合报》商量。我在大陆报上的文字，更不论好坏，我不想和《联合报》商量。他他们转载，我反正已交出稿给大陆报纸了。再见吧，祝近好

冰心 三七·六·九

> 　　林则徐前辈句
>
> 子善先生嘱
>
> 　　　　　　　　冰心　辛未冬

　　冰心先生太客气了，我是后辈啊。这副对联流传很广，先生也曾多次题写赠人。一说此联原出自清代纪晓岚之师陈自崖自撰的"事如知足心常泰，人到无求品自高。"但先生写此联为"林则徐前辈句"，也许林则徐也引用过？

　　其实先生的这封信中寄了我两幅小字。这又与痖弦先生相关了。痖弦先生此前又来信，希望得到先生的墨宝留作纪念。我当然又如实转达，趁机恳请先生为痖弦先生写字的同时，也为我写一幅。先生满足了我俩的请求，寄来了同样大小的两幅，真使我喜出望外，满心感激！记得给痖弦先生写的那幅内容与给我的不一样，好像也是林则徐句，我当时还留了复印件，现在也找不出了。

（原载 2020 年 11 月《世纪》总 165 期）

我给许杰先生当助手

了解一点中国现代文学史的，想必都知道1920年代的"乡土小说"流派。"乡土小说"由鲁迅开创，随后的"两许"，即许钦文和许杰，也很有名，他俩与王鲁彦一起被公认是"乡土文学"浙籍作家的代表。许钦文是鲁迅绍兴同乡，而许杰则是天台人也。

予生也晚，与许钦文先生仅一面之缘。幸运的是，作为少不更事的后辈，曾与许杰先生共事，当他的助手，后来又担任他与钱谷融先生联合指导的华东师大第一届中国现当代文学专业硕士研究生的助教一年。

1976年1月，我在当时的上海师大中文系（由原华东师大中文系、上海师院中文系和上海教育学院中文系等合并而成）

培训班毕业留系任教。系里的文坛前辈,记得最早接触的是钱谷融先生,他给我们上过课。接着又认识了翻译家朱雯先生,直到分校之后,方才知道朱师母是写小说的罗洪先生。还有任钧先生,也是后来才知道他是"中国诗歌会"的重要诗人。朱、任两位原都在上海师院任教,都温文尔雅,具有长者风度。最有趣的是,系里新来的孔罗荪先生,经常与他一起挤公交从漕河泾师大分部回城,一老一少在车上天南海北聊天。他大概看我不像"革命小将",常向我透露一些"内幕消息"。"四人帮"倒台不久,他就调走了。后来去北京再见到他老人家,已在主持《文艺报》编务,还记得我这个陪他聊天的小朋友。

许杰先生当时已被迫"退休"在家,无缘拜见。直到1976年10月以后,我参加《鲁迅全集》书信部分的注释工作,回到华东师大中北校区上班,才开始接触许先生。用许先生自己在《一个九一老人的生活和思想》里的话说,就是"'四人帮'粉碎了,我又被返聘回校,而且要我带一届研究生",他自嘲这是"废品回收"。[1] 许先生与钱谷融先生合作指导第一届中国现当代文学专业硕士研究生是在1979年秋,我见他自然在此之前,具体什么时间已不复记忆。我记忆犹新的一件事是,首次到绍兴拜谒鲁迅故居和三味书屋,竟然在故居门口巧遇许先

---

[1] 许杰口述、柯平凭撰写:《坎坷道路上的足迹》,上海:华东师范大学出版社,1977年,第381页。

生。他刚从三轮车上下来,也来参观鲁迅故居。已是快80岁的老人了,我忙陪着他。他精神抖擞,边走边聊,告诉我:他虽然写过一些研究鲁迅的书,但也是第一次来鲁迅故居。

当时我是华东师大中文系中国现代文学教研室里最年轻的,教研室领导就安排我一面搞教研,一面给年纪最大的许杰先生当助手。我每周一次或两次上午到校给本科生上课,午餐后先在系资料室看一会书刊,与无所不知的王寿亨先生(翻译家王央乐之弟)聊会天,下午约三时,取了许先生的大小邮件,就去师大一村许先生寓所见他,询问有什么事要办。许先生很客气,我每次去他总是吩咐家人先上茶,再谈事。老一辈都讲究礼数,后来去施蛰存先生家、徐中玉先生家和钱谷融先生家,都是如此。钱先生还要问明白,喜欢龙井还是碧螺春,后来熟了,就让我自己倒茶,茶叶自选。

所谓助手,其实也没干多少事,无非为许先生查找一些旧作,誊录一些文稿,有时也代许先生回复读者来信,如此而已。记得最清楚的是帮他誊录了一部旧体诗词集稿。与其他许多新文学作家一样,许先生后期也写旧体诗词,以诗明志,以诗抒怀,日积月累,为数可观,初步整理后命我誊清,我当然照办不误。可是许先生的原稿和我的抄稿一并交还许先生了,未能留底(当时也无复印机)。许先生这部旧体诗词集一直未见问世,不知他的原稿和我的抄稿现在还存世否。我们现在只能从他晚年回忆郁达夫、王以仁、杨晦、张天翼、丁玲、罗玉君、钱君匋、费明君等文所引录的,来大致领略他的诗才了。我还

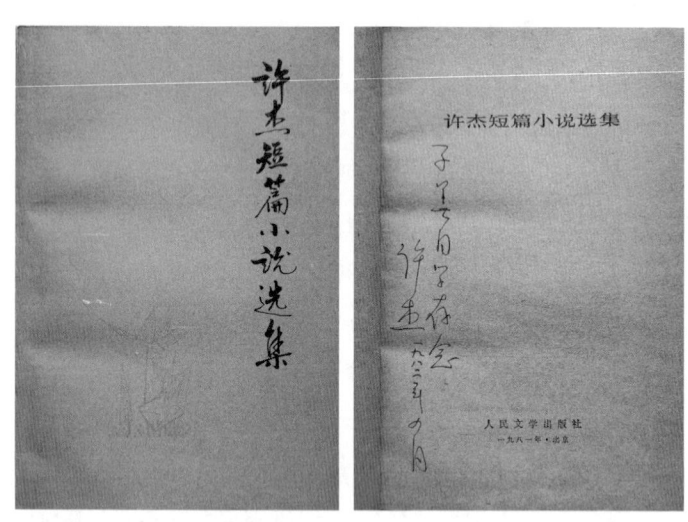

许杰先生赠陈子善书封面及扉页

曾在微信上结识一位擅长五绝五律的旧体诗人，至今未曾谋面。诗人明确告我，他之所以写旧体诗，就是受了许先生的指点。

我只为许先生做了一点应做的事，许先生却对我的郁达夫研究给予了极大的帮助。他很赞成我从事郁达夫研究，介绍我认识林艾园先生，从而使我较早较全面地了解了郁达夫致王映霞一百多封信失而复得的来龙去脉。林先生虽然曾在华东师大中文系执教，当时已调往古籍整理所，隔行如隔山，如不是许先生提示，我根本不知道他竟是郁达夫这批珍贵书信的长期保存人。也正是因为许先生的推荐，林先生才愿意接待我，与我长谈这批书信的奇特经历。许先生又应我之请，撰写了《郁达夫在记忆里》一文。此文写于1983年2月，长达五千余字，篇幅仅次于他的《怀念、回忆与崇仰——为纪念王任叔诞生八十五周年而作》。在这篇晚年怀人的力作中，许先生深情回忆了与郁达夫的交往始末，也写到了与鲁迅、郁达夫一起出席中国济难会的宴会，还写到了郁达夫与王以仁的友谊，颇具史料价值。此文收入我与王自立先生合编的《回忆郁达夫》一书（1986年12月湖南文艺出版社初版），使这本郁达夫回忆录大为增色。可惜后来出版的《许杰散文选集》增订本（1989年6月上海文艺出版社初版），竟未增补此篇。如果再编许先生的散文集，这篇《郁达夫在记忆里》无论如何不该遗漏了。

2021年是华东师大建校70周年，也是华东师大中文系建系70周年，还是许先生诞辰120周年，这就不能不提到许杰先生对华东师大中文系的杰出贡献了，因为他是中文系创系主任。1951年10月,许先生出任华东师大中文系首任主任时,同事中有比他年长的郝昺衡、周子美先生,有与他同年的徐震堮、程俊英先生,有比他年轻的史存直、施蛰存、罗玉君、万云骏、徐中玉、叶百丰、钱谷融等先生,都是饱学之士,人才济济。刚年过半百的许先生为了华东师大中文学科的建设,运筹擘画,兢兢业业,大有建树。不妨举一个比较典型的例子。钱谷融先生那篇青史留名的《论"文学是人学"》的写作就得到了许先生的鼓励和支持。此文原题《论文学是"人学"》,许先生主张改为《论"文学是人学"》。钱先生对此是这样回忆的:"许杰先生是当时华东师大中文系主任,我的文章写成后第一个就是给他看的。他看后很鼓励了我一番,并建议我为了使标题更能吸引人,不如索性改为《论'文学是人学'》……"[1]

1957年3月,许先生与傅雷先生等应邀赴京参加"全国宣传工作会议",颇受礼遇。不料回沪后不久风云突变,许先生蒙冤去职,中文系许多敬爱许先生的学生也因此受到连累。许先生曾多次与我谈起这个极为沉重的话题,痛心地表示对不起这些学生。他于1990年3月5日致当年的学生胡秉之先生的信中还这样说:"我记得,当年师大中文系的同学,打成'右派'的,就有八十多位,但我却记不起他们的名字,以及他们这多少年来的生活……我之所以把过去的痛怆说出来,也只是希望

---

[1] 钱谷融、殷国明:《中国当代大学者对话录·钱谷融卷》,北京:中国文联出版社,2000年,第43页。

与许杰、钱谷融指导的首届中国现代文学硕士生在浙江桐庐的合影,左起前排:戴翊、杨霞华、钱谷融、许杰、蒋孔阳、濮之珍。后排:戴光宗、王晓明、柯平凭、许子东、陈子善、曹惠民。

我们这一时代,不再有那样的时代的重演呢!"①

然而,许先生也是宽厚的。凡接触过许先生的人想必都知道,许先生待人接物一直谦和亲切,从不疾言厉色,与他聊天是一件很放松很享受的事。他当然有强烈的爱憎和鲜明的是非观,但他善于倾听不同意见,从不居高临下。尤为难得的是他宽容、通达,能用发展的眼光看待伤害过他的学生。有次我去他家,他正好在审阅一份评审材料,是上海其他高校中文系的一位教师要评高级职称。我知道申请人名字后,不禁说了句:"申请人曾经批判过您老人家。"他不以为然地表示:这是过去的事了。申请人现在已认识到当年的过错,而且在文学创作和研究上都做得很不错,我自会根据其水平给予应有的评价(大意)。这件事给我的印象很深。

许先生很少对我讲述他自己的文学创作生涯。他可是1921年1月成立的中国现代文学史上影响深远的文学研究会的早期成员,入会号129号,122号是王鲁彦,130号就是他的好友,短短廿四岁就结束了自己生命的小说家王以仁,他的入会号比李金发、塞先艾、李健吾、舒庆春(老舍)等在文学史上大名鼎鼎的作家都要早。② 许先生的"乡土小说"创作在1920年代是颇引读者注目的。但鲁迅后来编《中国新文学大系·小说二集》时,选了许钦文的作品而未选许杰,在《导言》中也以显

---

① 引自笔者所藏许杰致胡秉之信影印件。
② 参见仲源:《文学研究会(资料)》,1979年5月《新文学史料》第3辑。

著篇幅写到许钦文,对许杰却只字未提,这是什么原因呢?原来,《中国新文学大系》所选小说分三集,第一集专收文学研究会及《小说月报》作家群的作品,由茅盾主编。许先生既是文学研究会会员,他的作品编入第一集也就顺理成章,尽管他与许钦文同时也属"乡土小说"作家。许钦文未入文学研究会,编入第二集也理所当然,这应是鲁迅与茅盾商量后定的。《中国新文学大系·小说一集》收入许杰的两篇小说:《惨雾》和《赌徒吉顺》。茅盾在《导言》里评介了四位"描写农村生活"的作家,即徐玉诺、潘训、彭家煌和许杰,评论许杰的篇幅最多。茅盾认为许杰"农村生活的小说是一幅广大的背景,浓密地点缀着特殊的野蛮的习俗,(如《惨雾》中的械斗,《赌徒吉顺》中的典妻),拥挤着许多农村中的典型的人物。"在茅盾看来,《惨雾》是"那时候一篇杰出的作品。这一篇里,人物描写并不见得成功,但结构很整密。也有些地方不简洁,但全篇的气魄是雄壮的",而《赌徒吉顺》的特色是"颇为细腻的心理描写"。[①]

到了1920年代末,许先生又转向文学评论,出版《明日的文学》,提倡"无产阶级革命文学",接着远赴吉隆坡倡导"新兴文艺";抗日战争爆发后,又大力主张"东南文艺运动"。许先生这些文学实绩文学史家都不会忘记,不必我再重复。在我

[①] 茅盾:《导言》,《中国新文学大系·小说一集》,上海:良友图书印刷公司,1935年,第30—31页。

看来，许先生1945年7月由福建永安立达书店出版的《现代小说过眼录》是应该特别引起注意的。此书是海岑主编的"立达文艺丛书"一辑之一，为土纸本。书中对抗战时期陈铨、沈从文、严文井、艾芜、茅盾、青苗、陈瘦竹、端木蕻良、司马文森、徐仲年、靳以、胡明树、张煌、叶圣陶、骆宾基、丁玲、金曼辉、王西彦等作家的小说作"提要"也即进行评论，当时似没有其他人做过这样较为系统的文学批评。其中张煌、金曼辉两位，若不是许先生在此书中讨论了他们的作品，又有谁还知道他们写过"颇堪一读"的小说呢？他在此书的《自序》中作了这样的说明：

十年以前，我曾经受了周予同的劝告，决心要做一个现代小说提要的功夫。他的意思，现代写作小说的人很多，出版的数量也不能算少；但过了几时，这许多作品中的大多数篇幅，就会慢慢地消沉下去，你再要找他，已可不大容易。譬如"五四"以来的小说，如今已不容易看到，也不大有人注意。但用文学史的眼光来看，这是代表一个时代的东西，是值得注意的。如果我们在这个时候，给每篇小说做一个提要，这将如元曲的"点鬼簿"一般，再过个十年二十年，甚至是过个一百年两百年的时间，这工作就很有意义了。①

---

① 许杰：《自序》，《现代小说过眼录》，永安：立达书店，1945年，第1页。

这本《过眼录》可说是部分实现了许先生预设的目标。还应补充的是，书中评论沈从文的就有三篇，即《上官碧的〈看虹录〉》《沈从文的〈摘星录〉》和《沈从文的〈笨人〉》。有意思的是，他开始写这些评论时并不知道"上官碧"是沈从文的笔名。这大概是最早的，至少也应该是最早之一的对《看虹录》和《摘星录》的批评，不知今天的沈从文研究者是否已注意及之？许先生自己晚年自评这两篇批评《看虹录》和《摘星录》的旧作，是这样说的："我的言辞颇有些过激，现在看来，从沈从文的主观方面来说，那大约是他在探索新的写作方法吧。"①

许先生应与沈从文有过交往。那年他从师大一村迁居二村，我在他较为宽敞的书房里见到新挂出一幅沈从文的小字章草，是横幅，书于洒金笺上，龙飞凤舞，十分醒目。具体内容已记不清，似是抄录一段古人的话。因不少字难以辨认，我好奇地向许先生请教，他笑着说："有些字我也认不出。"但他告诉我，这幅字是抗战胜利后沈从文写赠他的。沈从文是现代作家中的书法大家，这么多年来，我所见过的沈从文的书法作品不能算少，但都是大小直幅，横幅仅此一件。许先生逝世已经廿八年了，但愿沈从文这幅字还存于天壤之间。

《现代小说过眼录》"附录"了"小说讲话"三篇，其实是

---

① 许杰口述、柯平凭撰写：《坎坷道路上的足迹》，上海：华东师范大学出版社，1977年，第336页。

四篇,即《鲁迅的〈药〉》及其附录《再谈鲁迅的〈药〉》《明天》和《鲁迅的〈故乡〉》。这是许先生研究鲁迅小说的开端。许先生一直敬爱鲁迅,不仅见过鲁迅,还曾向鲁迅约稿,请鲁迅撰文纪念两人共同的友人蒋径三。鲁迅1936年9月18日致许先生的回信中说:"径三兄的纪念文,我是应该做的,我们并非泛泛之交。只因为久病,怕写不出什么来,但无论如何,我一定写一点,于十月底以前寄上。"① 若不是后来鲁迅于10月19日突然逝世,他一定会兑现自己的诺言。现在我们所能见到的鲁迅此信手迹(照片,原件已遗失)和鲁迅、许广平与蒋径三1927年在广州的合影,都是许先生晚年捐赠的。② 因此,许先生后期致力于鲁迅研究,也就不难理解了。1951年9月,许先生的《鲁迅小说讲话》由上海泥土社初版,书中开头四篇即《过眼录》中"附录"的四篇,还有对《狂人日记》《孔乙己》《祝福》《离婚》的分析和《阿Q新论》等,许先生强调他"对鲁迅先生作品的分析,总是采取着从形式到内容,再从内容到形式的这样的一个过程"③,我想这句话直到今天仍值得我们深思。《鲁迅小说讲话》出版后受到读者的欢迎,我手头的一册已是1954年2月第七版了。作为共和国成立以后第一本,也是鲁迅研究史上第一本研究鲁迅小说的专

---

① 鲁迅:《360918致许杰》,《鲁迅全集》第14卷,北京:人民文学出版社,2005年,第150—151页。
② 参见许杰:《回忆我和鲁迅先生的一次见面》,《许杰散文选集》(增订本),上海:上海文艺出版社,1989年,第264页。
③ 许杰:《自序》,《鲁迅小说讲话》,上海:泥土社,1954年,第7页。

著,《鲁迅小说讲话》自有其不容忽视的学术地位。直到晚年,许先生还老骥伏枥、笔耕不辍,又出版了新著《〈野草〉诠释》(1981年6月天津百花文艺出版社初版),这是鲁迅研究史上第三部研究《野草》的专著,也不能不提。

给许杰先生当助手,虽然只有几年,但是我学术生涯中极为重要的一环。因为我从他身上看到了怎样做人,怎样治学,怎样坚持自己认定的方向,怎样不随波逐流。这些都是他特别令我敬重的地方。许先生晚年写过一首"自度曲"——《文论小令》,可视为他历经坎坷一生的自我写照,也可看出他始终是五四之子。他自己很看重这首小令,曾数次书赠友人和学生。1990年春,我斗胆向许先生求字,他问我,你想写什么?我说就写《文论小令》吧,他欣然挥毫。现在就把这首小令抄录在下面,作为这篇回忆录的结束:

风格有如人格,文心通向天心。广阔胸襟师造化,精明慧眼效苍鹰。探索追寻标的,曰善曰美曰真。出发在人生,归着在人生。　旧作文论小令

子善同学评正

庚午春日许杰　时年九十岁

(原载2021年6月《传记文学》总373期)

风格有如人格文心通向天心广

澜胸襟师造化精明慧眼效

苍鹰探索追寻标的曰善曰

美曰真出发在人生归着在

人生 旧作文论小令

子善同学评正

庚午春日许杰

时年九十少

许杰先生手书《文论小令》

琐忆聂绀弩先生

聂绀弩先生1986年3月26日在北京逝世,2021年正是他老人家逝世35周年纪念,我这篇迟到的回忆就从怎么会认识他写起。

五年前,当年上海师大中文系鲁迅著作注释组负责人汤逸中老师交给我一包资料,文件袋上写着"鲁迅注释调查记录,经本人亲笔修改"十五个字。其中有一份访问聂先生的记录稿,大小共四页,三页为粘贴在"复旦大学"20×25字格大稿纸上的油印稿,每一页都有聂先生本人的蓝色圆珠笔修改,尤以第二页为甚。第一页则为用订书针钉在第二页上的一小纸聂先生短简,照录如下:

鲁著注释组：

记得尊组似是复旦，今称师大，岂复旦改并师大乎？

寄来打印稿，看过。改了一些，今奉还。

前接一信问某某等何年出生，人多，我不尽识，更不知其生年，故未即复，乞谅。

敬礼！

聂绀弩　二月25日

改写时因病耽误时日，甚歉。

这封写于1978年2月25日的信不仅是《聂绀弩全集》未收的佚简，也很有意思。"鲁著注释组"即上海师大鲁迅著作注释组，因注释组的访问记录油印稿粘贴在复旦大学的大稿纸上，以至聂先生误以为复旦已并入上海师大。这封"鲁著注释组"的去信是否由我执笔，已不复记忆。但1977年7月9日和7月14日，上海师大鲁迅著作注释组成员曾两次拜访聂先生，我是参加者之一。该年夏，我为注释鲁迅1934—1936年的书信，到京查阅资料，访问与鲁迅有过交往的文坛前辈。这是我与聂先生订交之始。

聂先生改定的这两次访问记录稿，后合并成一篇，以《聂绀弩谈"大众语"、"旧形式的采用"的讨论及〈海燕〉停刊事》为题收入1978年"上海师范大学中文系"印行的《鲁迅研究资料》。他所回忆提供的部分史实后来为鲁迅书信注释所采用，特别是他详细追述的"《海燕》杂志停刊事件"。先看聂先生怎么回忆此事的：

《海燕》这刊物是鲁迅主持的，参加工作的人有萧军、萧红、胡风、周文、欧阳山、张天翼和我，还有陈荒煤也写过文章。我负责有关出版上的事务，如联系印刷、排版、经费等事，当时出版一个刊物，一定要有发行人和地址，要交给法院的。我们当时拿不出一个人来，第一期就写了一个假的发行人和地址，是我搞的。出版后，法院到卖书（的）书店来说人和地址都是假的，下次出版要真的人及地址，否则不准出。有天晚上，我出去有事，忽然走到曹聚仁、徐懋庸（两人住在一处）家附近，我突然想起曹聚仁此人比较进步，名字也是公开的，何不找他做发行人，用他的地址。这时曹聚仁出来了，见到我，请我进去坐坐，我就问曹："你做发行人吗？"谈了半天，最后曹聚仁没有直接说不行，也没有明确说可以，分手时我以为是答应了，于是第二期我就写上了曹聚仁的名字和他家的地址。谁知回来后内部的人，如胡风、欧阳山等都反对，我想：这样糟了。出版后我到书店一看，只见曹聚仁在书店里一本本的把自己的名字划去了，并质问我："你为什么不经我的同意，就把我的名字印上去？"我两头碰钉子，后来曹聚仁就写信给鲁迅，告诉鲁迅这件事，《鲁迅书简》里有答曹的一封信，是谈这问题的。

聂先生所说的"《鲁迅书简》里有答曹的一封信"即《鲁

迅全集》所收鲁迅 1936 年 2 月 21 日致曹聚仁的信,信中说:

奉惠函后,记得昨曾答复一信,顷又得十九日手书,蒙以详情见告。我看这不过是一点小事情,一过也就罢了。

对这"一点小事情",《鲁迅全集》是这么注释的:

《海燕》第一期未署发行人,遭到主管当局的干涉。因此第二期出版时,编者征得曹聚仁的同意,印上"发行人曹聚仁"。该刊出版后,曹怕承担责任,即在 1936 年 2 月 22 日《申报》登出《曹聚仁否认海燕发行人启事》。

注释最后一句点明当事人之一的曹聚仁的这则启事,也不妨转录如下:

旬日以前,聚仁以群众杂志公司代售各种刊物,须有切实负责人出面以明责任;因商请海燕社来店接洽人聂绀弩先生,推定负责人填写登记表向当局登记。忽一日,聂先生来舍,留条请聚仁为发行人,聚仁当即去函拒绝,乃第二期海燕底页仍刊有"发行人　曹聚仁"字样,聚仁既非该社社员,不敢掠人之美,特此郑重否认。

对照这三段文字,可知全集注释高度浓缩,也大致可以明

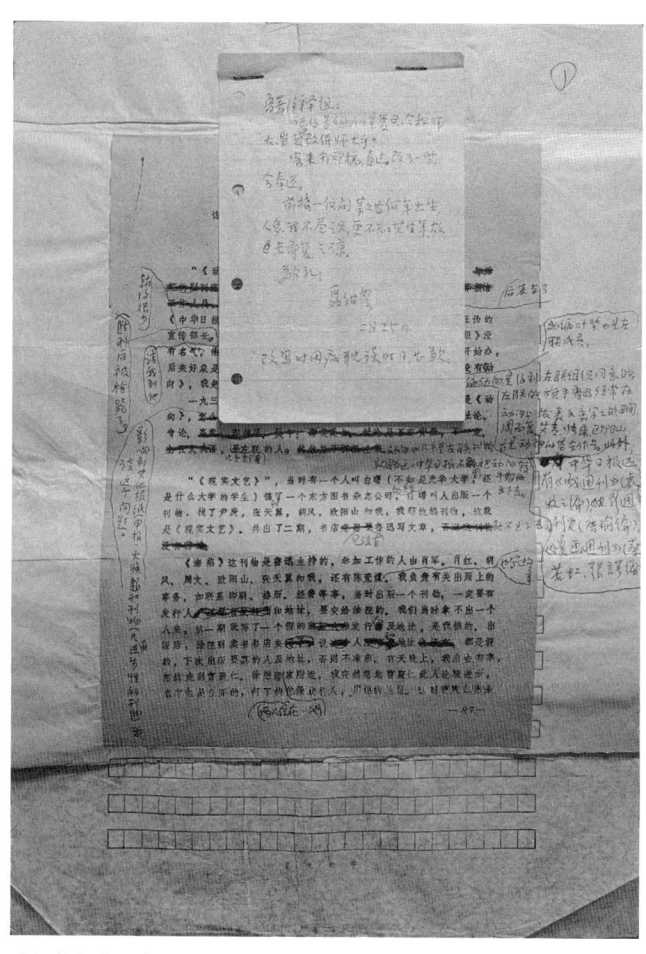

聂绀弩先生短简

白，聂先生当时请曹聚仁自第2期起担任《海燕》发行人，虽然具体经过两人所说有不小的出入，颇有各说各的味道。曹聚仁于1936年2月19日《海燕》第2期（封面印作"一九三六年二月二十日出版"）印出当日，先后两次致函鲁迅否认和解释。鲁迅也接连回复两信，第一封回信未能保存下来，第二封回信中所说的"一点小事情"即指这场不大不小的风波，这也是鲁迅给曹聚仁的最后一封信。

聂先生的回忆除了未提及曹的否认启事，显然较为具体而全面。其实，聂先生早在1946年写的《论乌鸦》一文中就已披露此事始末，这是我后来读《聂绀弩杂文集》才知道的，但这段回忆仍自有其价值，因为它更生动。而且聂先生注重细节的真实。这段回忆提到陈荒煤时，记录稿写他是《海燕》"参加工作的人"的最后一位。聂先生定稿时改正为"还有陈荒煤也写过文章"。查《海燕》，确实陈荒煤只发表过小说《罪人》（署名荒煤），以及散文《记十二月二十四日南京路》《十二月二十四日续记》（均署名沪生）三篇作品。

《海燕》创刊于1936年1月20日，创刊号署"编辑人史青文　出版者海燕文艺社"。萧军后来也回忆道：此刊由"胡风（提出倡议）、聂绀弩、吴奚如和我，征得了鲁迅先生的允许"（萧军：《谈〈译文〉〈作家〉〈海燕〉和〈鲁迅先生纪念集〉等》，《鲁迅研究资料》），才创办的。鲁迅是《海燕》的灵魂，他不但为《海燕》题写了刊名，而且先后向《海燕》提供了长短九篇文章，是《海燕》发表作品最多的作者。鲁迅后期颇为重要的小说《出关》、杂文《阿金》《"题未定"草（六—九）》都发表于《海燕》，《海燕》也成为鲁迅最后一年发表作品最多的刊物。这一切当然都与聂先生的努力是分不开的。《阿金》在《海燕》第2期发表时，聂先生还加了一段《编者附记》，也为《聂绀弩全集》所未收：

> 这是鲁迅先生一年多以前的旧作，当时检查委员会正气焰冲天，杂志来要稿，只好画一画和"国家大事"无关的阿金女士底像。然而，天下事有出人"意表之外"的，这文章也被抽掉了！现在我们要来发表了。因为我们看来看去总不能懂这篇文章何以要被抽掉，发表出来可以使读者鉴赏检查委员会老爷底非凡的目力。

《海燕》创刊后，鲁迅十分高兴，1936年1月19日《鲁迅日记》云："晚同广平携海婴往梁园夜饭，并邀萧军等，共十一人。《海燕》第一期出版，即日售尽二千部。"就是一个明证。这次宴会，聂先生应与胡风、萧军、萧红等都在场。而1月19日当天《海燕》创刊号"二千部"一抢而空，也可称当时杂志出版的一个奇迹。

在聂先生接受采访六年、1981年版《鲁迅全集》出版二年之后，上海书店于1983年3月影印出版了《海燕》杂志，影印的第2期竟是再版本，封面上印有"一九三六年三月一日再版"一行红字，十分醒目。而版权页上则印着"编辑人耳耶[①] 发行人张仲名"。也就是说,在曹聚仁否认是《海燕》发行人之后,不到半个月,聂先生又用"发行人张仲名"的假名再版了《海燕》第2期。这个本不应被忽视的细节可惜发现得太晚太晚,已无法再向聂先生进一步请教了。

为注释《鲁迅全集》而访问聂先生,从某种意义上讲,是公事公办。此后,我仍继续拜访聂先生,那就是一个后学向文坛前辈的求教了。事实上是我在打扰他,他还有很多诗和文要写,但他也愿意跟我聊聊。在我的记忆中,从未与聂先生通过信,现在想来简直有点不可思议。但自1978年至1983年间,我曾多次访问聂先生。只要有机会到北京,我都会去看望聂先生,先是在他就医的邮电医院,后来在他的劲松住处。几乎每次去,临别时他都会赠送新著,确切的说,大部分是他的旧著重编重印,只有旧体诗集是"新著"。不妨把他赠送的书和题字列表如下:

书名	出版社和版次	题字
聂绀弩杂文集	北京三联书店1981年3月第1版	子善同志 聂绀弩赠 1981.6.12北京(扉页)
绀弩小说集	湖南人民出版社1981年1月第1版	子善兄教 聂绀弩 1981.9.3(封面)

[①] 即聂先生——笔者注。

续 表

书名	出版社和版次	题字
中国古典小说论集	上海古籍出版社1981年1月第1版	子善同志正　聂绀弩赠　一九八一．九．三　北京（封面）
聂绀弩旧诗集：三草	香港野草出版社1981年6月第1版	子善兄正　聂绀弩　一九八一．九．三北京（封面）
绀弩散文	人民文学出版社1981年12月第1版	子善同志　作者赠　一九八二年夏北京（前环衬）
散宜生诗	人民文学出版社1982年8月第1版	子善同志正　聂绀弩赠　一九八二．一二．一八（封面）

从中国改革开放后复出直至去世，聂先生在内地和香港总共出版了九种著作。从上表可知前六种都赠送我，剩下三种为鲁迅评论集《高山仰止》（人民文学出版社1984年7月第1版）、杂文集《蛇与塔》（重编本，三联书店1986年2月第1版）和文学回忆录《脚印》（人民文学出版社1986年3月第1版）。《高山仰止》和《脚印》是编者朱正先生后来送我的。聂先生1986年3月26日逝世，《脚印》问世时他可能已不及亲见。《蛇与塔》则是聂先生逝世后我特意购置留作纪念的。那么，应可这样说，除了《高山仰止》，聂先生把他复出后出版的几乎所有的书都赠送我，真正是厚爱了，而我以前却未充分意识到。

聂先生赠书，"子善同志"、"子善兄"称呼交替使用，颇

031

聂绀弩先生赠书

有趣，其实我只是他的一个小朋友。而他喜欢把赠书题字写在书的封面上，更有趣。六种赠书中，竟有四种题字都书于封面，这在老一辈新文学作家中似不多见。我后来在香港新亚书店拍到已故香港新文学收藏家陈无言先生旧藏《小鬼凤儿》（上海新群出版社1949年12月初版），系聂先生根据孔厥《凤仙花》《二娃子》等小说改编的四幕话剧，封面上有聂先生亲笔题签："承勋　高朗　永玉三兄指教"。罗孚（罗承勋）、高朗和黄永玉先生是聂先生在香港"坐咖啡馆之类"交往最多的文友。[①] 签名本一书赠三杰，已够别致，钢笔题字也是题于封面，就更独特了。可惜聂先生离去已三十余年，也无法再把这个喜讯告诉他老人家了。

从上述六种聂先生签赠本所署赠书日期，即1981年6月12日、1981年9月3日、1980年夏和1982年12月18日（其中1981年9月3日一次就获赠书三种，可说是我满载而归），可以确定这四个时间里，我都拜访了聂先生。因为聂先生送书都是面赠，从不邮寄。当然，拜访肯定不止这四次。拜访聂先生时谈了些什么，时隔多年，已不可能一一记起，现在想来无非是我介绍所知道的一些文坛近闻，还提出想知道的关于30年代文坛的若干人和若干事，以及聂先生嘱我为他查找几篇旧文之类。聂先生总是抽着烟，回答不紧不慢，经常说这事我书中写过，你可去翻翻，那事我也不清楚。交谈往往断断续续，有

---

① 聂绀弩：《在香港和哪些人来往》，《聂绀弩全集》第10卷

时也会冷场,一老一少,就这样枯坐一阵,如果聂先生称为"周婆"的周颖先生正好回家,我就起身告辞。这种情景,我后来在拜访黄裳先生时也经常遇到。

但是,有一次谈话我至今记得很清楚。聂先生送我的旧诗集《三草》,是他的修改本,书中有他用钢笔和圆珠笔做的多处修改,有的明显是误排,有的则是他的反复推敲。为此,我再次见他时,就好奇地提了一个问题:您老人家何时开始写"三草"这样的旧诗?这个问题提得有点幼稚,不料他笑了,口述二首七绝让我记下,还亲自校了一遍。聂先生告诉我这是他早年所作,是讽刺田汉的,曾给鲁迅看过,鲁迅告诫聂先生"不要幸灾乐祸"。这二首七绝如下:

天下人民本九流,时迁盗宅又烧楼。
如何革命家田汉,羞于偷儿共枕头。

四十年中公与侯,纵然是梦也风流。
坐牢当往邯郸坐,万一卢生共枕头?

聂先生逝世的次年,我在北京结识了他的好友、为他印行《三草》的罗孚先生。因常去拜访罗先生,一次闲谈中,罗先生得知这二首诗,十分高兴,嘱我回沪后抄寄给他。罗先生一直肯定聂先生的打油诗,认为"绀弩的新诗不如旧诗。旧体诗中，古体不如今体，今体之中，绝句不如律诗。"① 他后来编《聂绀弩诗全编》（学林出版社 1992 年 12 月初版），就收入了这二首诗，冠题《枕头》，并笺曰：

> 作于一九三五年，为目前搜集所得聂绀弩最早之旧体诗篇。据上海作家陈子善言，一九八〇年曾访绀弩于北京邮电医院病榻，聂诵此二诗，陈为录之。诗咏田汉身陷上海牢狱事，聂云曾寄与鲁迅，鲁迅阅后批评聂"不要幸灾乐祸"。诗题为编者代加。

我当然为能够提供这条史料，使聂先生写作旧体诗的时间提前到 1935 年而感到高兴。

聂先生与上海的关系很密切。他 1933 年自日本回到上海后，参加上海左联的活动，次年 4 月 11 日起主编上海《中华时报》副刊《动向》，《动向》很快成为继《申报·自由谈》之后鲁迅发表杂文的又一个主要平台。在《动向》存在的九个月里，鲁迅先后发表了二十多篇杂文，包括有名的《拿来主义》《论旧形式的采用》等。而正如前述，聂先生接着主编的《海燕》至少同样值得大书特书。他 1935 年还在上海出版了小说集《邂逅》，1936 年发表的小说《酒船》还被丁玲选入《二十人所选短篇佳作集》。到了 1940 年代后期，聂先生更接连在上海出

---

① 罗孚：《〈聂绀弩诗全编〉后记》。

版小说集《两条路》、杂文集《关于知识分子》《血书》、散文集《沉吟》《巨像》、剧本《小鬼凤儿》等。以他的这些创作实绩，2011年上海作家协会编《海上文学百家文库》，聂绀弩理应作为一家而入选，结果却未能入选。这是一件憾事。聂先生如泉下有知，想必不会介意，但我作为编委之一，是应该检讨的。

还有一件憾事也不能不提。聂先生逝世后，我才知道他1948至1950年间曾两度到港，在香港出版了新诗集《元旦》、散文集《天亮了》、杂文集《二鸦杂文》《海外奇谈》《寸磔纸老虎》等，都是"求实出版社"出版的，这家"求实"比较特别，还出版或经售黄药眠、谷柳、秦牧、欧阳凡海等作家的作品。1993年春我访学香港中文大学，由另一位新文学收藏家方宽烈先生引领逛旧书肆，到了九龙弥敦道的实用书店。进店见一和蔼的老者坐在收银台后，方先生介绍：这是龙老板。买了几本旧书离开后，方先生告诉我，龙老板名龙良臣，原籍湖南，早年曾是中共党员，避难至港后办求实出版社。我不禁吃了一惊，聂先生这些锋芒毕露的书当年都是这位龙老板出版的？其中应有不为我们所知的史实可寻。之后数次到港，凡去实用必与龙老板攀谈，希望听到他当年与聂先生交往的具体经过。可惜由于他的湖南家乡话我听不大懂，只听明白他与聂先生是"老朋友"，为聂先生出过书，聂先生也曾在"求实"住过，没有得到更多的细节。

聂先生后期以写旧体诗名，开创了20世纪中国旧体诗的一个新局面,广受海内外推崇,日本木山英雄先生也曾专门论及。《散宜生诗》中有一组聂先生的《六十》自寿诗,其中有这么几句:"行年六十垂垂老,所谓文章处处疵。已省名山无我分,月光如水又吟诗。"我想这不是他的故作谦虚,而是他的自我反省和反思。聂先生经历过大风雨、大世面和大曲折,接触过各种各样的大小人物。他的坎坷历程,他的放言无忌,他的有所为和有所不为,非我们这一辈人所能完全理解,他终于写出"文章信口雌黄易,思想锥心坦白难"(《挽雪峰》二首之一)这样的诗句,已足可见他的沉痛和深刻。而他"已成铅椠千秋业,依旧乾坤一布衣"(虞愚赠聂绀弩联),更不能不令人动容。

犹记最后一次去见聂先生,他老人家半倚在床上,瘦骨嶙峋,令人心痛。但开始时精神还是很好,眼睛也是闪亮的,只不过已难以持久,说了没几句话就精力不支了,昏昏欲睡。这是聂先生留给我的最后的形象,久久不能忘。

(原载 2021 年 4 月《传记文学》总 371 期)

向冯至先生约稿

2021年最后一天,收到北京冯姚平女士惠寄的一大包邮件,打开一看,其中有冯至先生三部新诗集,为台湾花木兰文化事业公司影印本,即《昨日之歌》《北游及其他》初版本、《十四行集》初版和修订再版本,还有一叠我1984年间写给冯至先生的5封信的原件和影印件。这完全出乎我的意料,惊喜之余,思绪很快闪回三十八年前。

一

1984年,我还不到四十岁,精力充沛。在完成了《鲁迅全集》书信(1934—1936年部分)的注释工作之后,把研究重心转移到了郁达夫这位在中国现代文学史上举足轻重,却又在相当长的历史时段里被冷遇的作家身上。当然,被冷遇乃至被抹杀的现代作家何止郁达夫一人,而是有一大批。但饭只能一口一口吃,研究工作只能一步一步来,先从郁达夫着手吧。这位被鲁迅称为没有"创造气"的创造社作家我极感兴趣,而且他在1951年就被中央人民政府追认为"革命烈士"。我和王自立先生合作,先后编集了《郁达夫文集》(12卷本,花城出版社和香港三联书店联合出版)、《郁达夫研究资料》(上下册,天津人民出版社版、花城出版社和香港三联书店联合版)等书。在此基础上,又萌生了一个新的想法,即编辑一部《回忆郁达夫》文集。

时值"文革"刚过,郁达夫生前的友好、同事和学生还有不少幸存,但大多已经或即将进入残年,如不抓住这最后的机遇请这些知情者留下回忆文字,提供证言,郁达夫生平和文学创作中的不少关节点可能就会模糊不清或变成空白,再要查考和厘清就难上加难了。我意识到这是一项属于抢救史料性质的极有意义的工作,编《回忆郁达夫》文集,固然应该精选已经发表的名文,但约请知情者新写,应该成为编集此书的重中之重。时不我待,我立刻根据已经掌握的各种线索,约请与郁达夫有过交往的文坛艺苑以及其他各界前辈撰文,他们之中包括郁达夫留日同学钱潮、远在英国的凌叔华、刚归国的盛成,还有新加坡的郑子瑜、泰国的吴继岳……人在国内的更不必说,连远在新疆的"创造社小伙计"周全平也找到了,一一去信或托人转达请求。当时胆子也真大,无论国内国外,只要能打听到地址,就自掏腰包,冒昧去信,自报家门,诚约撰文。

正是在这样的背景下,我自然而然想到了冯至先生。冯先生与郁达夫有过交往,我是从与冯先生同为沉钟社成员的陈翔鹤写于1947年的长文《郁达夫回忆琐记》[①]中得知的。文中多次提到1924年郁达夫到北大经济学系任教期间与冯至的交往,与在京沉钟社其他成员的交往。而拙编《回忆郁达夫》已经函约的撰稿前辈中,能写郁达夫在北京这一段生活的很少。陈翔鹤文中提到的"到达夫兄处来聊天"的"炜谟、冯至、柯仲平、丁女士诸人",除了冯先生,当时都已去世了,冯先生显然是最理想最合适的撰稿人。不过,陈翔鹤回忆"我,炜谟,冯至三人之初次到鲁迅先生的家里去拜访,也还是与达夫兄同去的",却是记误。查1924年7月3日《鲁迅日记》,有"夜郁达夫偕陈翔鹤、陈厶君来谈"(陈厶君即陈炜谟),冯至并不在场。

我那时并不认识冯先生,但对冯先生满怀敬意。鲁迅在《〈中国新文学大系·小说二集〉导言》中称"中国最为杰出的抒情诗人冯至",给我印象极深。鲁迅说这话当然有其充分的理由,查《鲁迅日记》和《鲁迅藏书目录》,鲁迅生前冯至出版的两本新诗集,即《昨日之歌》《北游及其他》,鲁迅都收藏

---

① 连载于《文艺春秋副刊》第1卷第1—3期。

了,后者还是作者的题赠本:

> 鲁迅先生指正　冯至。一九二九,八,二八于北平。

鲁迅还收藏了冯至送给他的《浅草》1925年2月第1卷第4期,以及1926年至1934年全套《沉钟》期刊,可以证明鲁迅对浅草、沉钟这两个新文学社团和主要成员冯至的关注和器重。毫无疑问,鲁迅认真读过冯至的诗,这句话是鲁迅负责任的精到判断。

那时我已与冯至先生在中国社科院文研所的同事唐弢先生比较熟悉,并在唐先生指导下与王锡荣兄合编了《〈申报·自由谈〉(1932—1935)杂文选》。故每到北京,只要时间允许,必去拜访唐先生。一次聊天时,唐先生说起他住处周边的几位邻居,其中就有冯先生。唐先生那时住在建国门外永安南里中国社科院住宅区,是7号楼103号,而冯先生住8号楼203号,真是很近很近。而且,唐先生那时已应我之请,撰写了《记郁达夫》一文。于是我就向唐先生索得冯先生住址,斗胆去信打扰了。

二

我给冯先生的第一封信,冯先生的复信,以及我再去信,都没有保存下来。值得庆幸的是,我给他老人家的写于1984年

6月29日的第三封信保存下来了。虽然信较长,为便于引述,还是照录如下:

尊敬的冯老:

您老人家好!上次接奉手示后即作复,但次日阅报知您已去广东,我的信可能您未见到,现在估计您已返京,故再写信打扰。

回忆郁达夫先生的文章,再次恳请您老人家拨冗撰就,以光拙编篇幅。达夫先生当年与沉钟社同人颇多交往,现在杨晦、陈翔鹤、陈炜谟诸位前辈都已谢世,只能请求您老人家勉为其难了。

拙编定于明年九月出书,以纪念达夫先生遇害四十周年。湖南出版社对拙编较为重视,他们知道各位撰稿人都是年迈事忙,因此答应交稿可展期到今年十月(付印时作为急件处理,目前拙编已有95%的约稿交了稿,就等段可情、孙席珍、李俊民、赵家璧和您老人家的稿件了)。您老人家这次南行,想必劳累,返京后要休息一段时间,然后就动笔完成这篇文章,好吗?总之,只要在九月底前后把文章寄我就行了,再次斗胆恳请惠稿,感激不尽!

另外,我们又在编《当代作家国外游记选》,拟收入尊作《一夕话与半日游》,可能出版社方面(上海文艺社)已正式通知您了。

草草不恭,我等待着您老人家惠稿,谨请

暑安！

　　　　　　晚　陈子善上
　　　　　　6.29

又，您老人家在撰写回忆达夫先生的文章时，如需要一些材料帮忙回忆，请示知，我当尽力设法提供。

从此信可知，冯先生对是否撰写忆郁达夫文，开始时是有点犹豫的。这完全可以理解，一则，他当时确实很忙，刚参加中国作协访问团去广东参观；二则，年代相隔久远，许多往事已难以记起。尽管如此，我还是认为冯先生会写的，因为郁达夫遇害后，除了创造社同人如郭沫若、郑伯奇等写了纪念文外，其他新文学社团就数浅草—沉钟社同人沉痛悼念最多，如陈翔鹤的《郁达夫回忆琐记》、陈炜谟的《忆郁达夫》等，说明郁达夫与这个新文学社团中人的关系非同一般。这层意思我在这封信中也表达了，也因此，我在写完此信后又增加了一句话，表示乐意为冯先生回忆郁达夫提供参考资料。

在我看来，向文坛前辈撰写回忆录提供必要的资料，是一个现代文学史研究者应尽的职责。在编辑《回忆郁达夫》一书过程中，我先后向赵景深、赵家璧、楼适夷、许幸之、周全平、王余杞、黄源等多位前辈提供过资料，还记录整理了内山书店老职工王宝良的回忆录。这次敢于向冯先生提出这样的建议，也是因为已经有了前面较为成功的经验。冯先生收到我此信后，显然对我的建议产生了兴趣，回信同意撰文，并嘱我提供资料。这有我同年 8 月 19 日致冯先生信为证：

冯老：

  大札已奉读。

  您老人家在休养中还在考虑为拙编撰文，很过意不去。遵嘱抄奉我现在能找到的郁达夫 1923—1926 年间几次到北京的一些资料，供撰文时参考，不知能否帮助你老人家进一步回忆。其中提到的时间、地点，我均有可靠根据。还需要什么，请再示知。

  希望能早日拜读大作，当然这要视您老人家的精力、时间而定，但如能快一些，则求之不得，因为了保证明年达夫先生被害四十周年时出书，出版社已催稿了。

  再次恳请支持，感激不尽！大作完稿后迳寄上海华东师大中文系我收即可。草草不恭，谨请
大安！

晚　陈子善顿首　8.19

  随信附录了我整理和抄录的五份参考资料：

  一，郁达夫 1923 年到北京后大事记；

  二，陈翔鹤《郁达夫回忆琐记》摘录；

  三，郁达夫 1927 年 1 月 30 日致北京《世界日报》副刊编者信摘录；

  四，郁达夫致周作人信中对浅草社的评价；

  五，大事记补充。

这五份资料都书于200格"《鲁迅辞典》稿纸"的反面,共九页,其中还夹有我用蓝色钢笔和黑色钢笔写的一些问题。这事我本早已忘却,这次看到原件才想起。更使我惊讶的是这九页资料上均有冯至先生的许多黑笔划线和批语,更是我完全不知道的。如我抄录1924年7月3日鲁迅日记,对陈翔鹤回忆的与陈炜谟、冯至三人一起随郁达夫访问鲁迅一事提出疑问:"没有冯至在内,到底怎样,请冯老回忆",冯先生在旁批语证实:"没有冯至。"如陈翔鹤回忆他"在北平西城的羊肉胡同郁曼陀先生的家里会见了达夫兄",我加按语:"羊肉胡同应为巡捕厅胡同",冯先生批曰:"西巡捕厅胡同","西"字且加了着重号。这一条他回忆文中也写到了。陈翔鹤回忆文中还写到当时经常一起拜访郁达夫的"丁女士",我向冯先生提问:"这段话中的丁女士是谁,冯老还记得吗?"冯先生两次批曰:"丁月秋"。也许可以这样说,这些资料在一定程度上引发了冯先生的回忆,个别的成了他撰写忆郁达夫文的素材。但这还不是主要的,更值得注意的是,我8月19日致冯先生信第2页反面,有他黑笔所录《庄子》中的几句话:

涸辙之鲋,

相濡以沫(或煦)

不如相忘于江湖。

这不正是冯先生后来写出的《相濡与相忘——忆郁达夫在

涸辙之鲋，
相濡以沫（或曰）
不如相忘于江湖。

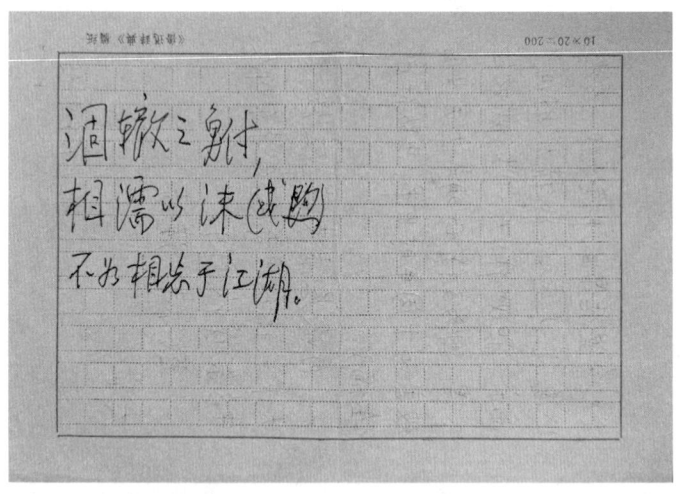

冯至先生在陈子善来信背面录下的几句《庄子》

北京》一文的题目吗？而且，回忆文最后整整一段就从庄子这段话和鲁迅主张的"相濡以沫"说起，强调："相濡与相忘是两种迥然不同的人生态度。但是郁达夫，这两种态度兼而有之"。我想：冯先生是怎么构思和写作此文的，由此或可看出一些端倪。

冯先生是在青岛疗养院休养时完成《相濡与相忘》的，文末落款时间为"1984年8月27日写于青岛"。我收到文稿后颇感动，立即于9月2日复信冯先生：

冯老：

手示并大作已奉收，至谢！

大作已拜读，深受教益，已编入拙编，请释念。

关于达夫长兄在京住址和武昌师大（？）名称，我再查一查《现代评论》（该刊上都有记载）。现在先按你回忆的发稿。

柯仲平与达夫先生也有不少交往，可惜已去世。丁玎秋现还健在吗？您如知道她住址，盼示知（尚钺也已去世，也许他子女在京？）

最后再次深深感谢您老人家的热情支持，拙编所收各篇回忆文中，您这篇和唐弢先生应我之邀而写的《记郁达夫》文情并茂，读后达夫其人呼之欲出，实在难得。

草草不恭，谨请

大安！

　　　　　　　　　　　　　　　晚　陈子善拜上　9.2

冯至先生在青岛疗养院收到我的信后,立即于9月10日作复:

子善同志:

9月2日来函,敬悉。

关于我提出的两点质疑,您如能查出是我记错了,则请代为更正,并请函告,是所至盼。我记得在二十年代,各地高等专门学校"一下子"都改为大学,但不知是那一年。

丁月秋曾与尚钺结婚,我是在解放初期听说的,但始终没有见过她。我想她早已逝世。他们有没有子女,我不知道。

最近我看了一点关于柯仲平的资料,在他于1924年写的《海底歌声》序诗中提到他重病时,郁达夫曾以十元相助。

再者,我的稿子第十页有一句:"郁达夫有时到鲁迅的老虎尾巴……",改为"鲁迅新居的老虎尾巴"较好,请你代为添上"新居"二字。

我约于本月二十日左右回京。

此祝

撰安!

冯至

九月十日

这是我现在能够检出的冯先生给我的第一封信,冯先生写作《相濡与相忘》一文的认真与细致体现在此信的字里行间。

子善此启：9月2日来函，敬悉。关于我提出的两个问题，请步修查出这我记错了，则请代为更正，并请恶告之母正好。我记得五二十年代，各地好多学校一下子都改为大学，但不知是哪一年。

丁月铁与尚钺结婚，我是在解放初期时听说的，但始终没有见过她。我想她早已逝世。他们的子女还没有我不知道。

最近我看了一些关于郭沫考的资料，全部述于1924年守郭《峰夜散步》事的考证中找到他是何年到上海大学以及相助。

再者我的稿子第1页倒一行："邮迟大哥时到喜迎的老虎尾巴……"，改为"喜迎新居的老虎尾巴"较好，请代在添上"新居"二字。

我约于中月二十日左右回北京。

敬祝撰安！

冯至 九月十日

子善此启：我回北京后，把记述文的文章又作了一次改动。我叫家人腾抄了一份，请寄上。将来校对清样时请根据这份件核改此稿。一篇三千多字的小文章给写得这么多的麻烦，深感不安。改动就是多加了从第7页倒后一行到第8页第6行即关于《峰夜》扩印件的一段。另外就是个别地方删去几个多余的字。

极和你时说过，任嘉德把他这篇文章注在他九月赞文集上。这次多表也用这改动后的稿子。此致

敬礼！

冯至 九月十七日

上月来信

再者，四川大学到绵阳的本家、陈炯误写在回忆郭大夫的文章，专志的有登及此事，不知他是隔多久给您写了，我也不知道函约多考，谢谢多样。

九月十六

冯至先生致陈子善函

初稿中的"郁达夫有时到鲁迅的老虎尾巴……"句，冯先生在信中嘱我再加上"新居"两字，改为"鲁迅新居的老虎尾巴"，他认为添上"新居"后才"较好"，即为明显一例，两字之增，不仅符合史实（鲁迅1924年5月迁入阜成门内西三条21号），也说明了冯先生的严谨。而他在信中提到柯仲平，也并非一时兴起，他当时也在构思忆柯仲平文，在完成了忆郁达夫文后，又写下了感人的《仲平同志早年的歌唱》。

接冯先生此信后，我马上回复：

冯老：

惠函敬悉。关于武昌师大校名，达夫先生当年在武昌师大的学生李俊民先生回忆确叫师大（李老也为拙编写了回忆文章），故已代为更正；另一条待进一步核实后再奉告。

关于达夫与柯仲平关系的新材料我也见到了，谢谢您的关心。

"新居"两字已补入，请释念。

专此奉复，谨颂

秋安！

晚　陈子善拜上　9.14

没想到冯先生自青岛回京后，再次对《相濡与相忘》进行了精心打磨，经过修改和补充后的第二稿于10月17日寄我，同时附有冯先生的一封说明函。冯先生对我这个后辈真是客

气,还说给我"添了不少麻烦","深感不安",前辈的谦逊由此可见一斑。此信全信如下:

子善同志:

我回北京后,把忆达夫的文章又作了一点改动。我叫家人誊抄了一份,谨寄上。将来校对清样时,请根据这份抄件校改为盼。一篇三千多少的小文章,给您添了这么多的麻烦,深感不安。所谓"改动",主要是增加了从第7页最后一行到第8页第6行关于《焦节妇行》的一段。此外就是在个别地方删去几个多余的字。

林非同志说,您同意他把这篇文章先在他办的《散文杂志》上发表,这次发表也用这改动后的稿子。此致
敬礼!

冯至 十月十七日

再者:四川大学刘传辉同志上月来京,云陈炜谟写过回忆郁达夫的文章,并已向您谈及此事。不知他将陈文寄给您否?我也不知这篇文章写得怎样。

至 又及。

冯先生真是周到,《相濡与相忘》第二稿增添了什么内容,他在此信中明确提示我,那就是如下这一段:

关于黄仲则的诗,他并没有向我谈过他在《采石矶》里引

用的诗篇,以及"似此星辰非昨夜,为谁风露立中宵"等名句,他却对《焦节妇行》一诗赞叹不已,他说:"这首诗写的恐怖而又感人的梦境,中国诗里真是绝无仅有,西方的诗歌间或有这种类似的写法。"

郁达夫推崇黄仲则,凡读过郁达夫的,早已尽人皆知。但这段话的增补,使读者进一步知道了郁达夫对黄仲则长诗《焦节妇行》的高度评价,对诗中"忽然四面来血腥,举头瞥见神魂惊。一人手提骷髅立,遍体血污难分明。汝近前来妾不惧,果是郎归定何据。一风暗来飘血衣,去日曾穿此衣去。郎归妾已知,但怪来何迟。床头一灯灭,梁上长绳随。昔闻瀚海风沙一万里,郎兮几时飞度此?妾死尚欲随郎行,看郎白骨沙场里"的"恐怖而又感人的梦境"赞叹不已,却是冯先生的独家回忆,与文中另一处回忆他起意翻译海涅名著《哈尔茨山游记》,也是出于郁达夫的热情推荐一样,均极具史料价值。

收到冯先生此信后,我马上回复冯先生,再次向他老人家深表感谢:

冯老:

大作修订稿已收到。拙编《回忆郁达夫》已交出版社,即将发排,大作增补部分当在看清样时补入,请释念。

林非同志来信说要将大作在《散文世界》先发,我当然同意,我觉得这是一篇很好的怀念之作。

刘传辉同志已把陈炜谟先生《忆郁达夫》一文的抄件寄我，原拟收入拙编的，后因文中对"郁王婚变"所发的议论占1/2以上篇幅，所以考虑再三，只能割爱。（文中对在北京时期生活的回忆，也较粗疏，不及翔老和您大作中详细，这恐与交往多少有关，故拙编只能不收了。）

草草奉复，如有机会上京，一定去拜访您老人家，面聆指教。

谨请

撰安！

晚　陈子善拜上
10.22

陈炜谟《忆郁达夫》一文刊于1946年8月21、23、26日《成都快报·大地》，是川大刘传辉兄发现的，后编入《陈炜谟文集》（1993年3月成都出版社初版）。这次我又重读一遍，觉得拙编未收并不可惜，但当时应该把抄件寄请冯先生过目，没有这样做，是我的不周，应该检讨。

三

冯先生的《相濡与相忘——忆郁达夫在北京》初刊于1985年《散文世界》创刊号，这篇文情并茂的回忆文章应为创刊号增了色。但《回忆郁达夫》的出版并不顺利，没能赶上1985年郁达夫遇害40周年纪念，迟至1986年12月，多达40万字的回忆文集才由湖南文艺出版社正式推出。然而，冯先生对《相濡与相忘》的修订，并未因《散文世界》创刊号的发表和《回忆郁达夫》即将问世而告结束。相反，当新的史料再次出现时，他又再次对此文作了新的说明，可谓一丝不苟。

1989年7月，冯先生的散文诗歌集《立斜阳集》由北京工人出版社出版，《相濡与相忘》理所当然地收入书中（副标题改为"忆郁达夫"）。冯先生不仅对正文的个别提法有所订正，如"1923年底"改为"1923年底（或1924年初）"，还在文末增加了一段写于1986年5月2日的《附记》。这段重要的《附记》竟未能补入1986年12月才出版的《回忆郁达夫》，简直不可思议。也许是出版社方认为《回忆郁达夫》已经打出纸型，不能再作增补？这个问题我已一点没有记忆，迟至撰写此文时才发现时间上的扞格，只能存疑了。

《回忆郁达夫》所收的《相濡与相忘》中有这样一段回忆：

我们走进一家旧书店，我从乱书堆里，抽出一本德文书，是两篇文章的合集，分别评论《茵梦湖》的作者施笃姆和19世纪末期诗人利林克朗这两个人的诗。郁达夫问了问书的价钱，从衣袋里掏出六角五分钱交给书商，转过身来向我说，"这本书送给你吧，我还有约会，我先走了。"实际上那天我身边带的钱连六角五分也凑不起来。

冯先生新增的《附记》是这样写的：

这篇短文是我受陈子善同志的嘱托，为他编辑的《郁达夫回忆录》写的。当时在青岛疗养，资料缺乏，文中所记大都是从记忆里掏出来的。写好后就寄给陈子善同志编审付印，并在《散文世界》1985年第一期发表过一次。后来杨铸同志给我送来他父亲杨晦同志保存的我在20年代写给他的信数封，其中有一信记有顺治门（即宣武门）小市买书事，与文中所记颇有出入。但文已发表，不便改动，仅将信里的话抄在下边，作为更正。由此可见，人的记忆是多么靠不住。

摘录1924年11月30日自北京中老胡同23号寄给杨晦的信："……今天午后（也是狂风后）我一个人跑到顺治门小市去看旧书。遇见达夫披着日本的幔斗也在那儿盘桓。他说他要写一篇明末的长篇历史小说。我随便买了一本Liliencron的小说。他约我到他家喝了一点白干。归来已是斜阳淡染林梢，新月如眉，醺醺欲醉了。"

原来冯先生在《相濡与相忘》中回忆那次与郁达夫一起逛旧书店，达夫买了一本评论Liliencron诗的小册送他。但据他当时致梅晦的信中所写，并无此事，此书其实是冯先生自己掏腰包买的，是Liliencron的小说。然而，时隔六十余年，记忆发生这样那样的偏差，是完全正常的。虽然冯先生发出了"人的记忆是多么靠不住"的感叹，但我还是倾向于相信，郁达夫曾经送外文书给冯先生，只不过不是1924年11月30日这一次罢了。而冯先生在《附记》中说他写这篇回忆文字是因为我的"嘱托"，我是后辈，怎么敢当？由此足可看出老人家的虚怀若谷，我这次重读，仍然被深深打动。

四

《回忆郁达夫》出版后隔了一段时间，我有机会进京，看望了唐弢先生后专程拜访冯先生致谢，冯先生很高兴地接待了我。老人家似并不健谈，我们聊得并不久，但冯先生的慈祥和亲切，我真切地感受到了。告别时，冯先生送了我一册《立斜阳集》，可见我拜访冯先生已是1989年之后的事了。这本散文诗歌集我前两年还查阅过，但现在躲在书堆里，一时竟无从检出，只能暂付阙如。

又过了两年，我起意编《回忆周作人》（后改名《闲话周作人》，1996年7月浙江文艺出版社初版），仍想请冯先生再写一篇忆周作人，因冯先生在《骆驼草》时期不仅参与编刊，也常得周氏指点。这次冯先生没有答允，但他在1992年10月19日致我的信中解答了我的疑问：

子善同志：

十月七日来函敬悉。

《骆驼草》主要是废名张罗起来的，我和他一起干些杂活

（为组稿、校对等），周作人则表示支持，在上边发表不少文章。《发刊词》系废名所撰，不是周作人。

我近来在国内和香港的报刊上读到你的一些文章，很有趣味。

我因小病住医院，恕我不能多写。

即祝

教安！

冯至 十月十九日

《骆驼草》是1930年代创刊于北京的一份重要文学杂志，废名主编，得到了周作人的全力支持。《〈骆驼草〉发刊词》出自谁的手笔？冯先生在《〈骆驼草〉影印本序》中未能提及，故我有此一问。此信前半部分我已在《闲话周作人》的《编者前言》中引用了，但冯先生表扬我的两句话，未引。当时我在内地和香港的报刊上的哪些文章，使冯先生读了感到"很有趣味"，大概是关于徐志摩、梁实秋的生平和创作的一些考证吧？不管是不是，我的习作能入冯先生的法眼，我当时直至现在都是高兴的。这是冯先生对我这个后学的鼓励和鞭策。

冯先生这封信是他老人家写给我的最后一封信，而且写于北京协和医院。信的最后一句"我因小病住医院，恕我不能多写"，我开始并未留意。后来读《冯至年谱》[①]，始知冯先生此

---

① 冯姚平编，刊1999年12月河北教育出版社出版《冯至全集》第12卷。

信是住院二十天后写给我的。当年11月11日出院，次年1月26日再次住院，2月22日就与世长辞了。除了周良沛、李魁贤、王伟明三位，我是冯先生晚年最后一批复信者之一，这通冯先生遗札弥足珍贵。

以上就是我与冯先生交往的大致始末。冯先生是大作家、大学者，但他为人的诚恳，为文的严谨，对史实的尊重，对后学的关爱，在我约他撰写《相濡与相忘》这篇冯先生自称是"三千多字的小文章"的过程中显露无遗，都使我至今受益。幸好我这篇回忆录依据的是冯先生致我的三封信和我致冯先生的五封信，相信不至于发生冯先生所担心的"人的记忆是多么靠不住"，这是可以告慰于冯先生的。

（原载2022年5月《传记文学》总382期）

我所知道的陈无言先生

在我记忆中,最早知道陈无言先生的大名是在 1970 年代末,其时中国刚刚改革开放。1978 年,香港昭明出版社推出司马长风先生的《中国新文学史》①,翌年,香港友联出版社推出刘绍铭先生主持翻译的夏志清先生的《中国现代小说史》。这两部文学史著作先后进入内地,给中国现代文学研究界带来不小的震动,至少我个人读过之后产生了重新审视已有的内地现代文学史著作的想法。如果我没有记错,我是先读到《中国新文学史》,再读到《中国现代小说史》的。司马长风在《中国新文学史》的《跋》中感谢了无言先生:

---

① 三卷本,后台湾传记文学出版社重印。

陈无言先生年轻时照片

在本书撰写中，陈无言先生不惜时间、金钱，搜罗赐赠资料……均在此永志不忘。①

虽然只有短短二十余字，但无言先生在司马长风一长串感谢名单中荣列首位，可见他对司马撰写《中国新文学史》的帮助很大。这是我首次知道无言先生的大名，而且对无言先生产生了好奇心。

不久，我因研究郁达夫，有机会与郁达夫的友人、当时正在香港中文大学中国文化研究所担任高级研究员的郑子瑜先生取得联系。1984年，专攻中国修辞学的子瑜先生应邀访问内地修辞学研究的重镇——上海复旦大学，约我见面，交谈甚欢。正是这次谈话，不但促成了周作人的《知堂杂诗抄》在内地出版，也促成了我结识无言先生。我向子瑜先生打听陈无言其人，他回答道：太巧了，我们熟识。你研究新文学，他也对新文学入迷，对中国现代作家作品很熟悉，我介绍你们认识，对你一定有帮助。这真令我喜出望外。

后来，我才知道，子瑜先生和无言先生都祖籍福建漳州，既是同乡，也是中学同学，友情甚笃。于是，经过子瑜先生牵线搭桥，我与无言先生联系上了，鱼雁不断。无言先生长我三十五岁，是我的师长辈，但他十分客气，一直称我这个小辈

---

① 司马长风:《跋》,《中国新文学史》下册，台北：传记文学出版社，1991年，第374页。

"子善先生",无论是写信称呼还是寄赠书刊题字,都是如此,始终不变。

可以想见,我们通信的中心话题就是新文学,交流信息,讨论问题,互通有无。当时我需要港台出版的关于中国现代文学的书刊,他都及时寻觅寄赠,而他需要一些三四十年代内地出版的新文学书籍,我也在上海为他搜罗寄去。当然,他提供给我的大大超过我提供给他的。《张爱玲短篇小说集》和《赤地之恋》等张爱玲著作的香港初版本是他寄赠的,梁实秋在台湾出版的许多著译版本也是他寄赠的,我担任《香港文学》作者之前的每期《香港文学》月刊仍是他寄赠的。特别是极为少见、可能是孤本的叶灵凤散文集《忘忧草》①,他也并不秘不示人,而是全书影印,装订成册寄赠,我后来将《忘忧草》全书编入《叶灵凤随笔合集》第一卷,书名就定为《忘忧草》②,从而使此书终于与内地读者见面。可惜无言先生已经去世,未及亲见。

1990年3月,我首次赴港参加香港大学比较文学系主办的中国当代文学研讨会。那天下午,也是无言先生好友的方宽烈先生亲自到深圳接我,一并经罗湖过关渡海,直奔港岛北角敦煌酒楼,无言先生早已等候在那里,为我接风洗尘。那是一个颇为愉快的晚上,两位香港文史前辈与我这样一个上海小朋友尽兴畅叙。研讨会结束后,香港文坛友人又为我举行一次难得

---

① 1940年11月香港西南图书印刷公司初版。
② 1998年8月上海文汇出版社出版。

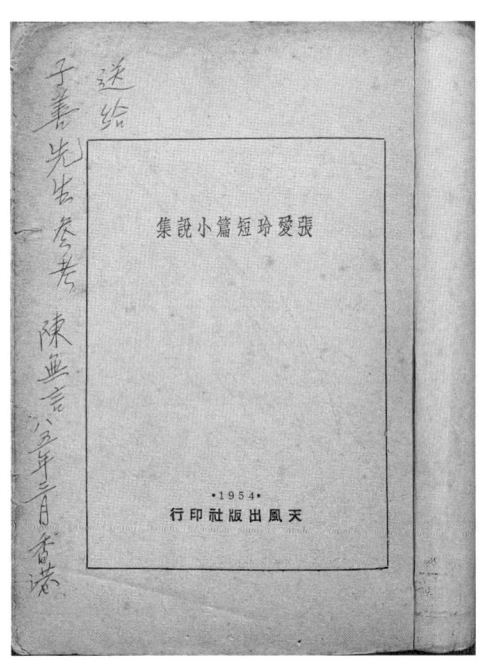

陈无言先生题赠陈子善的书

的午宴，高伯雨、方宽烈、黄俊东、卢玮銮、苏赓哲、杨玉峰等都参加了，无言先生自然也在座。饭后，无言先生不顾行走不便，执意与宽烈先生一起带我去神州、实用等旧书店访书，在神州和实用都留下了合影。第二天，香港另一位富于传奇性的作家林真先生赏饭，无言先生又与宽烈先生、俊东先生一起参加了。此后，我只要有机会到港，一定与无言先生和宽烈先生等欢聚，还登门观赏过无言先生的珍贵藏书。当年与无言先生的这些亲切交往，我至今历历在目。

无言先生在世时，我们见面话题太多，竟忘了向他请教经历，尤其是他何以会对新文学那么充满兴趣，乐此不疲。先生于1996年仙去，三年之后宽烈先生写了《专研三十年代文坛佚史的陈无言》一文，后又见告若干史实，我因此得以择要写入纪念小文《无言先生》中，现再作补充和修订如下：

陈无言，1913年生，福建漳州龙溪人，本名庄生，笔名陈野火、书丁等。1932年毕业于龙溪县立高级中学。此后先后执教于龙溪的小学和中学，期间曾参加中学同学许铁如（即后来成为中共高级干部的彭冲）主持的"芗潮剧社"，参与剧本的编写，这大概是他迷上新文学之始。1937年起先后担任漳州《中华日报》《商音日报》的编辑。不久因侵华日军逼近漳州，他远走香港，入正大参茸行任职。1940年，作家杨骚到港，因同乡关系借住陈无言处一个多月。差不多同时，他又结识了主编香港《大公报·文艺》的女作家杨刚。与杨骚和杨刚的接触，大概促使他进一步迷恋新文学，在此之前，他已在用心搜集"原版新文学书籍，以及三十年代出版的杂志"了。① 1941年以后，陈无言转而经商，奔走于浙闽粤各地，并且成了家。一说在此期间他又进武汉大学文学院深造。② 抗战胜利后，陈无言重回香港正大参茸行，任文牍和司账多年。离开商界后，他又担任过家庭教师，并为《明报》《新晚报》等多家香港报刊撰文以维持生计。同时也一直保持自己的爱好，继续出没于香港多家大小旧书店，致力于猎取新文学绝版书刊，逐渐成为香港屈指可数的新文学书刊收藏家。

无言先生这样一份履历，当然一点也不显赫，但他对新文学的一腔热情却是完全出自内心，一以贯之。而且他不仅精心收藏，在搜书过程中，每有心得，也动笔撰文，与读者分享，日积月累，数量已相当可观。无言先生逝世后，我每次到港与宽烈先生见面，经常讨论的一个话题就是，无言先生一生留下不少文字，但生前未能出书，实在是莫大的遗憾。如何弥补呢？我们是否应该为他编选一本以作纪念？宽烈先生手中保存了一些剪报，后来寄给我，希望我在内地谋求出版，然而，我

---

① 陈无言：《编〈文艺〉版出身的女作家杨刚》，香港：《星岛日报·星辰》1978年9月24日。
② 关于陈无言1945年或1946年毕业于武汉大学文学院或中文系，方宽烈《专研卅年代文坛佚史的陈无言》和李立明《记陈无言》均持此说。但查武汉大学文学院1944—1947年毕业生名录：均无陈无言名字，只能存疑。

《陈无言书话集》封面

几经努力未果。再后来，我建议宽烈先生在香港申请艺术发展局资助，不料当时规定出版资助必须由作者本人提出申请，但无言先生早已谢世，无法自己申请了，这事又一次搁浅。直到宽烈先生也与世长辞，这事仍无进展，真是好事多磨啊。而今，在无言先生逝世整整廿六年之后，经陈可鹏兄和黎汉杰兄的共同努力，《文苑拾遗录：陈无言书话集》终于编竣，即将问世了，岂不令我深感欣慰？

《文苑拾遗录》一书清楚地显示，从1977年到1987年的十年间，无言先生在《星岛日报》、《明报》副刊和《明报月刊》上发表了四十余篇长短文字，写得这么多，还是超出了我的预料。他介绍和评论的现代作家之多之广，更是令我吃惊，其中有许地山、刘延陵、梁宗岱、梁遇春、夏丏尊、罗家伦、罗皑岚、罗念生、罗黑芷、盛成、彭家煌、彭芳草、杨骚、王世颖、徐蔚南、傅彦长、胡春冰、袁昌英、顾仲彝、吴天、杨刚、冼玉清、何家槐、李长之、张天翼、徐訏、柳木下、周楞伽、马国亮、卜少夫、齐同、吕剑等，甚至还有当代作家流沙河。其中约半数以上，大概直至今日内地现代文学研究界仍乏人问津，由此可知无言先生眼光之独到。他对现代文学史上的边缘作家和失踪者一直有极为浓厚的兴趣，记得他曾开过一个拟访书的作家名单给我，除了上面他已写过的好几位之外，还有高语罕、敬隐渔、白薇、常风、张若谷、伍蠡甫、卢梦殊、李白凤、李白英、林憾庐、孙席珍等，从中应可进一步窥见无言先生的新文学史观。正如他自己在《从〈鲁迅全集〉人名注

释出错谈到被当作一人的两位作家:彭家煌、彭芳草》一文的前言中所表明的:

> 笔者一向有个心愿,就是介绍被人忽略甚至遗忘的新文学作家。虽然他们的名字陌生,也未必有多大成就;但他们总算在文学园地出过一点力,不应该被歧视以至湮没无闻。
>
> 笔者明知介绍名字陌生的作家,是一种吃力不讨好的工作。"吃力"是没有名气的作家资料不容易搜集,"不讨好"是写出来也未必有人欣赏。虽然如此,但笔者为了兴趣关系,总舍不得放弃。不管有人认为这种工作颇有意义也好,有人认为是傻人做傻事也好,笔者绝不计较。①

而且,即便是写许地山、张天翼等读者已经比较熟悉的作家,他也力图从新的角度切入,特别注重这些作家与香港的关联,写许地山就写他在香港时所作的《猫乘》,写张天翼就突出他在香港留下的文字,写胡春冰就强调他在香港的戏剧活动,写柳木下就写到他在香港的写诗经历,而这些正是内地读者和研究者所知寥寥乃至完全不知的。

应该承认,无言先生这些文章中,我特别看重他对与杨骚、杨刚、吴天、柳木下等作家交往的回忆,因为这是他的独

---

① 陈无言:《从〈鲁迅全集〉人名注释出错谈到被当作一人的两位作家:彭家煌、彭芳草》,香港:《星岛日报·星辰》1986年5月15日。

家秘辛,而且他很慎重,只是照实写出,不随意发挥。他于1939年在香港陪同吴天拜访了许地山、叶灵凤、戴望舒等名作家和木刻家陈烟桥,但他只在《记剧作家吴天》一文中提了一笔,并未展开,很是可惜。值得庆幸的是,他在《诗人杨骚在香港的时候》中提供的杨骚1940年回忆的"鲁林失和"的第一手史料,极为重要,太重要了,故有必要照录如下:

"鲁迅写骂人的文章虽然十分泼辣,但当面对朋友发脾气却很少见。只有一次,我亲眼看见鲁迅与林语堂发生冲突。两人本来是好朋友,不料因小小误会而争吵起来,几乎闹得无法收场。事情是这样的:一九二九年八月底,北新书局老板李小峰,在北四川路一间酒楼,请鲁迅和许广平吃晚饭。被邀作陪的有林语堂夫妇、章衣萍、吴曙天、郁达夫、川岛这几位。那天我恰巧去探望鲁迅,因此也作了陪客。席间李小峰提起这一次版税事,得到迅师谅解,实在非常感激。不过,始终认为有人从中挑拨,这个人是谁,不必说出名字,相信大家早已明白。鲁迅听了这番话虽不出声,但面色已阴沉下来。大概林语堂没有留意,反而附和李小峰。说友松与小峰不但是同业,而且都是周先生的学生,实在不应该挑拨离间。这时鲁迅忽然站起身来,满面怒容并大声说:这件事我一定要向大家声明。我向北新追讨版税,是我自己的主意,完全与友松无关。林先生既指明是友松挑拨是非,就请他拿出证据来。林语堂料不到鲁迅有此一着,越想解释越变成争吵。于是两人各执一词,都不肯让步。后来郁达夫恐怕事情愈闹愈糟，一面劝鲁迅坐下，一面拖着林语堂往外跑，林太太自然也跟着走，当晚的宴会也就不欢而散。

平心而论，这一场误会，林语堂虽然说错了话，但并非有意。而鲁迅疑心太重，以为林语堂讽刺他被张友松利用，所以要控告北新书局。据我所知，当时张友松创办一间春潮书店，时常去拜访鲁迅，鲁迅曾托他代请律师，这却是事实。但张友松究竟有没有向鲁迅说过李小峰的坏话，那就不得而知了。"①

文中的"我"是杨骚。无言先生虽是凭记忆写下杨骚这两段话，但这事从发生到杨骚回忆相差不过十余年，并不久，而且是杨骚与鲁迅交往中两件印象最深的事之一，又打上了引号，应该属实可信。不妨把鲁迅1929年8月28日的日记作一对照：

小峰来，并送来纸板，由达夫、矛尘作证，计算收回费用五百四十八元五角。同赴南云楼晚餐，席上又有杨骚、语堂及其夫人、衣萍、曙天。席将终，林语堂话含讥刺，直斥之，彼亦争持，鄙相悉现。②

---

① 陈无言：《诗人杨骚在香港的时候》，香港：《星岛日报·星辰》1977年11月23日。
② 鲁迅：《鲁迅全集》第16卷，北京：人民文学出版社，2005年，第149页。

1990年3月，陈无言（左）、陈子善、龙良臣（右）摄于香港实用书局。龙良臣为实用书局老板。

这就证实，8月29日晚不欢而散的这场宴席杨骚确实在场，杨骚回忆的出席者也与鲁迅日记一致（矛尘即川岛），杨骚确实是"鲁林失和"的见证人。当时因北新书局克扣鲁迅版税，鲁迅拟诉之法律，北新老板李小峰急请郁达夫出面调解，调解成功，故李小峰设宴感谢鲁迅和达夫，林语堂等都是作陪。不料一波刚平，一波又起。对这场说大不大说小也不小的争执，两位当事人，鲁迅只在日记中记了这么一笔，林语堂日记中也只记了一句，后来回忆鲁迅时也只含蓄地提了一笔，郁达夫虽在《回忆鲁迅》长文中有所提及，但都不及杨骚这段回忆详实。杨骚所忆最为具体完整，基本上是和盘托出了。如果杨骚不告诉无言先生，如果无言先生不将之写出，这段史实恐也要像"兄弟失和"一样扑朔迷离了。只是我读到无言先生此文已在他逝世廿六年之后，无法再当面去与他进一步探讨这个问题了。

无言先生逝世廿六年之后，我才看到的，还有他1986年所作的辨析彭家煜与彭芳草并非一人的长文。他撰写此文时，我提供了彭家煜的《出路》、彭芳草的《落花曲》和《苦酒集》三书的影印本，还找到了彭芳草本人，这本来是我应该做的事，他却在此文中大大表扬我和感谢我，并且指出"由于兴趣相近，大家虽然未见过面，但从书信往还中，彼此已建立了真挚的友谊"。我以前一直不知道他如此肯定我，这次读到，深受感动，其实我是受之有愧的。

与我认识的香港一些中国现代文学研究者不同，无言先生并不在学院里讨生活，所以他不必受学院里种种清规戒律的约束，一直埋首于拾遗补阙，浸淫其中、乐在其中，写文章也是有话则长、无话则短，率性而为。他生前不求闻达，十分低调，平时走在香港马路上，就是一个普通和蔼的小老头。而今，不要说大学中文系学子，就是香港和内地大学里专门研究中国现代文学史的教授，又有几人知道陈无言这个名字？

20世纪60年代以降，香港除了有叶灵凤、曹聚仁、刘以鬯等既参加过新文学运动同时对新文学文献也大感兴趣的老一辈作家，又涌现出一批从事文献整理和研究的新文学爱好者。在我看来，他们中的佼佼者有方宽烈、杜渐、黄俊东、卢玮銮、许定铭等，无言先生也在他们之中，而且是他们之中最年长的。因此，我们不应该忘记无言先生，正像无言先生所说的后人不应该忘记名字陌生的作家一样。

（原载2022年11月《传记文学》总390期）

与周而复先生的一段交往

认识周而复先生纯属偶然。

1986年10月,我到宁波参加纪念现代作家王任叔(巴人)诞辰八十五周年学术研讨会,这是王任叔先生"平反"后在其家乡举行的首次纪念会,与会者还到大堰村新修的王任叔墓前致哀凭吊。记得许杰、楼适夷、黄源等文坛前辈都到会缅怀这位以小说和杂文著称的友人,他们都属于浙东作家群。许杰先生专门撰写了长文《怀念·回忆与崇仰——为纪念王任叔诞生八十五周年而作》,楼适夷还是黄源先生,已记不确切了,在王任叔墓前号啕大哭,当时情景十分感人。

我那时外出开会并不多,对王任叔又没有多少研究,现在回想起来,应该是王任叔哲嗣王克平兄的热情邀请,才得以成

周而复先生赠陈子善的照片

行。许杰、楼适夷、黄源等前辈，都已很熟悉，也经常请益。但我意外地发现，到会的文坛前辈中，竟还有一位周而复先生，虽然他的年纪比许、楼、黄等位都小。

我当时（现在也是）很少涉猎当代文学，但周而复的大名还是如雷贯耳。首先是因为他写了长篇小说《上海的早晨》，我初中时曾读得津津有味。在"文革"期间，这部"十七年"文学史上难得的描写大都市生活的长篇横遭批判，是可想而知的。上海有个爱好文学的年轻人桑伟川，为此撰写反驳文章仗义执言，不仅也横遭批判，还锒铛入狱。我当时已是高一学生，对这件荒唐事自然记忆深刻。其次更因为是年2月，时任文化部副部长的周而复先生"出事"了，详情当然不得而知，传说却很多很多。而他半年多后竟能现身王任叔纪念会，好像也没什么大不了的事。

说没有什么大不了的事，也不确切，变化还是有的。参加这样的纪念和学术研讨会，以周而复先生以前的副部长地位，虽然不一定像现在这样与会者全体合影时稳坐C位，受人（包括媒体人员）关注肯定是免不了的。然而记忆中，他在会上受到了一定程度的冷落，老朋友还是打招呼，还是合影留念，但在我这个局外人看来，总有点不大对劲。于是好奇心驱使，当即决定晚上去拜访周先生，当一回不速之客。

晚餐后不久，我就叩响了周而复先生的房门。应声开门的果然是周先生本人，果然没有其他人找他。他对我这个陌生人的突然到访似乎有点意外。我马上自报家门，尤其提到他是我的前辈学长，因为他毕业于上海光华大学英国文学系，而光华大学正是华东师范大学的前身之一。于是，一老一少各自落座闲谈起来。我自然不会贸然询问那件事，《上海的早晨》就成了主要话题，他明确表示了对桑伟川的赞赏和感谢。其他再谈了些什么早已忘得一干二净，只记得告辞时一个耐人寻味的细节。我问他今后能否给他去信，答曰：可以。他又补上一句，可能还有事要我帮忙。我又问：去信地址如何写？他又答曰：北京文化部周而复收，九个字即可。口气真大啊，这个回答再次使我感到有点意外，其实他后来给我的信中也是这样写的。

保存下来的周先生给我的第一封信写于1987年2月5日，照录如下：

子善同志：

在京匆匆晤叙，未暇深谈，至以为憾。在舍所拍照片，因底片不好，未能洗出，再次"遗憾"。待诸他日晤叙时再次留影。随函寄去照片二张，聊以存念。近阅二月三日《文汇报》学林副刊介绍，上海人民出版社由黄美真主编《汪伪十汉奸》，极愿一读，可否请代购一本挂号寄文化部我收，书款若干，当汇奉。你从事近代作家研究，未过问文艺界奇谈怪论，亦未介入，甚好。望继续研究所选专题，必有成就。匆此，并颂

近好！

而复　一九八七．二．五日

子善同志：

在东安安阳听陈,朱解泼读正文两感在友

耶指出后周友欢好未能忆出,再访遗憾诗次如

旧写,教烟再过画影,临五字与只居二张呢

必保念,过向三月三日文汇报子林前刊介

保上海人民名将地由考虑再出之际,正的十漢

扑超知谈,孑多请收媒事挪去尝文化部

批收画新著考·古徒事·他成作宗研究者

连向文艺号与考词径泳每年告入出版

爱存迟上趣,少有坐我。

周而复·一九八七,二,三十

已好

周而复先生致陈子善函（1）

从周先生此信可知，1986年10月首次见面后，到写此信之前，我有北京之行，其间第二次拜访周先生，并合影留念。可惜照片拍坏了，以后也没有机会再拍。为了弥补，周先生寄我二张他自己的照片，"聊以存念"。五四时期的新文学家经常赠送友人、学生自己的照片，照片或正面或反面，也多有题字或说明，周先生应该继承了这个传统。

在此信中，周先生又托我代购《汪伪十汉奸》①，可见他当时仍在尽力搜集关于汪伪的资料，以供他创作反映抗日战争长篇小说的参考。信的最后，他还对我这个后学提出期望："你从事近代作家研究，未过问文艺界奇谈怪论，亦未介入，甚好。望继续研究所选专题，必有成就。"似是话中有话，有所指，又不落痕迹，从中或可看出老少两代彼此之间的心照不宣。

保存下来的周先生给我的第二封信是紧接着第一封信的，写于1987年2月22日，也照录如下：

子善同志：

寄来《汪伪十汉奸》一书，已收到，特致谢意。附去邮票代书款，望查收。

昨读《中华英烈》今年第一期，刊有你介绍郁达夫诗。今日（廿二日）《人民日报·每周文摘》又刊其佚诗三首，想已

---

① 黄美真主编，1986年10月上海人民出版社初版。

见及。仆甚爱读郁诗，现代作家中，郁诗成就甚高。你是否从事研究与收集郁氏著作？

匆复并颂

文祺！

而复 一九八七．二．廿二

周先生在此信中提到我发表于《中华英烈》1987年第1期的《湮没不彰的史实：郁达夫与共产党人》一文，此文较早也较全面地梳理郁达夫帮助共产党人尤其是共产党员作家的种种史实，后来收入1988年1月华夏出版社初版《燃尽的红烛》。因此，信中所说的"介绍郁达夫诗"或为"介绍郁达夫文"之误。此信末尾，周先生明确表示爱读郁达夫的诗，认为现代作家中，郁达夫的旧诗成就甚高，这当然是不刊之论。不过，周先生对我研究现代文学特别是研究郁达夫的具体情况还不清楚，我一定很快又去信报告，并借机斗胆索字，请他写一首郁达夫所作赠鲁迅的七绝。

周先生不仅以文学创作出名，书法也很有名，曾得郭沫若、茅盾等赞赏。他一度担任中国书法家协会副主席，尽管他并不是专门的书家。他写信给我，从信到信封，都写毛笔字；他送我的照片上的说明，也是毛笔字，他对毛笔字是真的喜爱。

周先生很快满足了我的请求。他老人家欣然命笔，手书的行书直幅内容为：

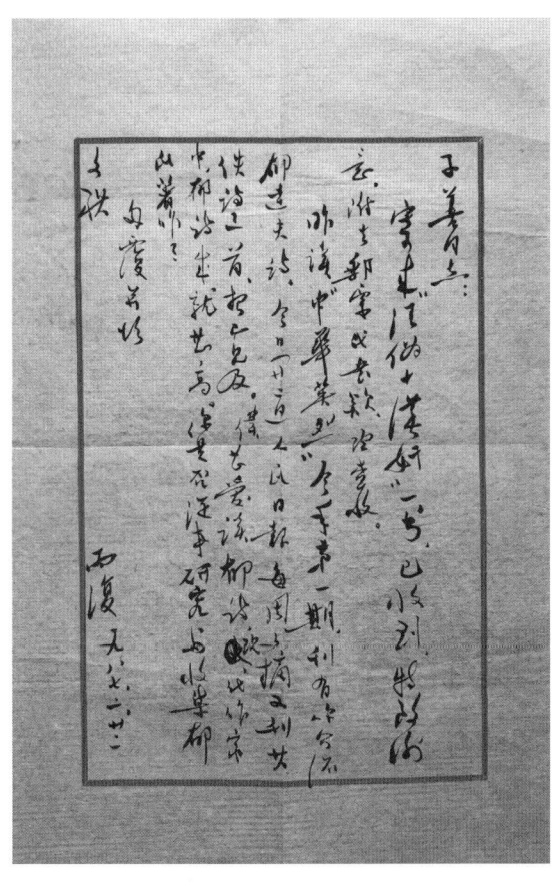

周而复先生致陈子善函（2）

醉眼朦胧上酒楼　彷徨呐喊两悠悠

群盲竭尽蚍蜉力　不废江河万古流

　　郁达夫　赠鲁迅先生

子善同志雅属

　　　　周而复

　　　丁卯春月书于远望楼

字幅引首钤阳文"无畏"闲章，落款则钤阳文"江东周氏"和阴文"而复"两印，可谓郑重其事。

记忆中与周而复先生的通信远不止这两封，可一时难以检出了。他为写作新的长篇，多次要我为他查找当年报刊上的相关资料，找到就复印或拍照寄给他。这部长篇是他的力作，应视为他的代表作，总题《长城万里图》，共六部，约三百多万字，即第一部《南京的陷落》、第二部《长江还在奔腾》、第三部《逆流与暗流》、第四部《太平洋的拂晓》、第五部《黎明前的夜色》和第六部《雾重庆》，被誉为"第一部较全面地反映抗日战争的全景式作品"，笔力遒劲，气势恢宏。其中第一部《南京的陷落》1987年7月由人民文学出版社初版，刚出不久，周先生就寄赠我一部，他在前环衬上的题字仍是毛笔字：

子善同志　正之　　　　而复　一九八七. 九. 一 北京

醉眼朦胧上酒楼彷徨呐喊亦
悠悠群盲竭尽蚍蜉力不废
江河万古流

郁达夫　赠鲁迅先生雅句

子善同志

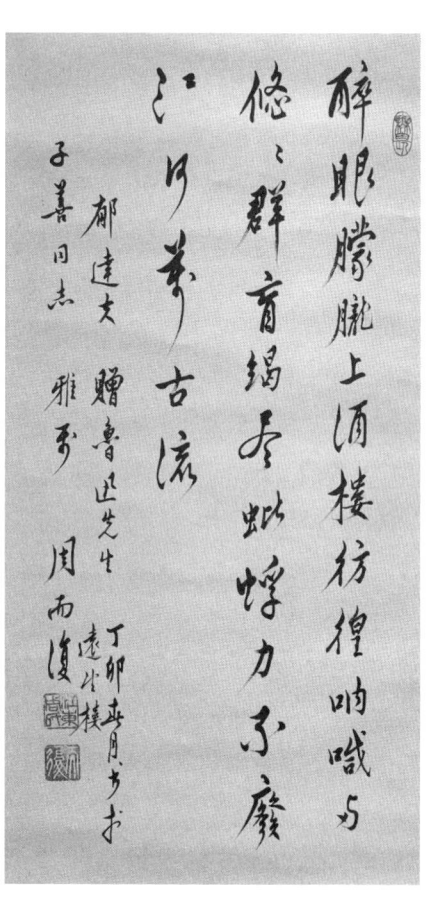

丁卯麦月书於遠水樓

周而復

周而复先生的行书直幅

周先生题签的书，我后来还藏有一部他的《北望楼杂文》，1949年10月上海文化工作社初版，列为"工作文丛"第一辑第六种，书的扉页右上角有"敬赠　夏衍先生"六个毛笔字，仍是毛笔字，名家赠名家，可惜已经没有机会让他老人家再题写几句话了。

与周而复先生的交往大概就是以上这些了，前后不过几年工夫而已。周先生2004年1月逝世前，他的"问题"已经妥善解决，殁后也极尽哀荣。而作为一位1930年代就已登上文坛的现当代作家，周先生是以《白求恩大夫》《上海的早晨》《长城万里图》三部长篇小说和他的长篇文学回忆录《往事回首录》在现当代文学史上青史留名的，文学史家若还未给予应有的评价，那就是文学史家的问题了。

前人有"烧冷灶，拜冷庙"，落难英雄值得交之说，我与周先生的因缘庶几相似。一位地位颇为显赫的作家突然发生变故，素不相识的一位年轻人出现了，与他来往，向他请教，帮他做点事，他一定会感到欣慰吧，而当他境遇好转，除了继续坚持写作，各种事务又十分繁忙了，年轻人也就不再打扰，让这段往来寄存于双方的美好记忆中，这不是很好吗？

（原载2021年12月《传记文学》总379期）

赵清阁先生未了的遗愿

在中国文学的历史长河中，若要说女作家，汉代的蔡文姬、唐代的鱼玄机和薛涛、宋代的李清照等，虽流芳千年，也只是屈指可数的这几位。明清以降，闺阁诗人固然为江南文化增添华彩，真正女作家群起，争奇斗艳，却要到"五四"新文学勃兴之后了。冰心的《春水》、丁玲的《莎菲女士的日记》、谢冰莹的《从军日记》、萧红的《呼兰河传》，直到张爱玲的《传奇》，不仅风靡一时，后来在文学史上的地位也日益显赫。但是，查《中国现代文学总书目》，还有一位赵清阁，1949 年之前的著作竟有 27 种[1]之

---

[1] 参见贾植芳、俞元桂主编：《中国现代文学总书目》，福州：福建教育出版社，1993 年，第 453 页。

多，还不包括与老舍合作的话剧《桃李春风》等。就数量而言，已超过了上述任何一位女作家，却长期被冷落。当然，作家文学成就之大小不能以创作数量为标准，但这样一位笔耕如此之勤奋而命运又很坎坷的女作家，近年来对她的研究虽然已有所开展，仍然薄弱得很，与她的文学贡献还很不相称。这是我撰写这篇回忆文字的第一个原因。

其次，我从事现代文学史研究多年，与前辈女作家多少也有些接触。通过信的有冰心、杨绛先生，见过面的有陈学昭、罗洪先生，陆晶清先生住在上海，却未能拜访，一直引以为憾。因我研究郁达夫，画家兼作家的郁达夫侄女郁风先生，自然也来往不少。请益最多的，北京是赵萝蕤先生，上海就是赵清阁先生了。我已回忆了不少交往过的文坛学界前辈，但女作家除了写过没有见过面也没有通过信的张爱玲，还没有写过别人，这是不应该的，该写一写赵先生了。

至于为什么起了"赵清阁先生未了的遗愿"这样一个题目，文末自会揭晓，且容我慢慢道来。

一

我是怎么认识赵清阁先生的，如是主动写信向她请教，地址何来？无非两种可能，一是来自她的老友施蛰存先生。施先生文人雅兴，在1980年代初一连好几年自印贺年片分赠友人学生，分别印过女画家陈小翠和赵先生的国画，施先生都送我，而今他精印的陈小翠《仿赵承吉采菱图》还在我的书橱里，赵先生的那枚《泛雪访梅图》[①]却不知哪里去了。因此，我有可能向施先生打听到赵先生的地址。二是我与上海社会科学院文学研究所的包子衍兄很熟，而赵先生当时已是包兄的前辈同事，我也可能向包兄打听到赵先生的地址。到底来自何方？却已无法记清。

不管怎样，我约在1986年2月初给赵先生写了第一封信。这封信她老人家似未收到，但她收到了我的第二封信，并在同年2月23日写了回信：

陈子善同志：

　　大函收悉。的确记不起您来过信，但最近自《香港文学》上看到您的文章，因此名字熟稔。

　　方宽烈先生来沪，愿惠访，自当欢迎。届时请兄电话联系，375019，一般均在家。匆复，祝

春吉

　　　　　　　　　　　　　　　　　　　赵清阁　二，廿三

她在信中明确告诉我，她未收到我的第一封信。"最近在

[①] 赵清阁先生的《泛雪访梅图》作于1966年，"辛未早春"（1991年）"题赠"作家马宗融之女马小弥。今年5月在杭州西泠印社拍卖公司"巴金的朋友圈·马小弥上款及旧藏现代文学珍品专场"拍卖会上拍出。

上海社会科学院

子善同志：

大函收悉，的确好久没来
过信，但最近自《香港文学》上见
到你的文章，因此知寄赠稿，
方便到免出差疏忽致，
自当改进。届时请免电话联系，
3750019，八楼的左家。匆复祝

春安

赵清阁 二、廿三

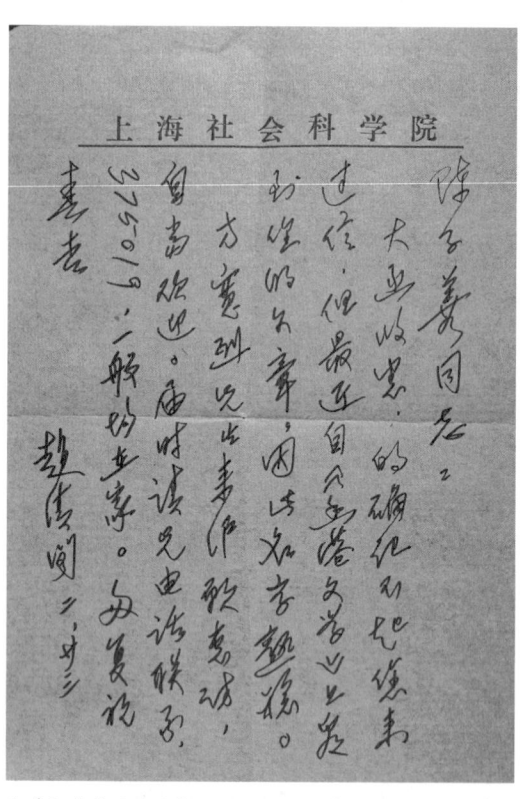

赵清阁先生致陈子善函（1）

《香港文学》上看到您的文章",具体应指我为刘以鬯先生主编的《香港文学》1985年10月第10期策划了郁达夫遇害40周年纪念专辑,并发表了《墙内开花墙外红——郁达夫作品在香港》等文。以及同年12月第12期上我的《〈郁达夫文集〉未收郁达夫作品目录补遗》,赵先生在这一期上正好也发表了散文《母亲》,我们有同刊之雅。而写此信是通报赵先生,香港的文学史料研究家方宽烈先生将来沪,拟拜访她。但方先生后未成行。

赵先生这通短简是从上海市长乐路1131弄1号202室发出的,当时她正住在那里。而现存她给我的第二封信已寄自吴兴路246弄3号203室,这是她的新住地,是当时新建的高知楼。记得246弄3号的住户,还有501室的孙大雨先生,1001室的王元化先生,好像复旦校长谢希德先生也住在这幢楼里。作为3号203室、501室和1001室的经常到访者,我对这幢楼有一种特殊的感情,因为我有幸在一个不短的时间里在孙先生、赵先生和王先生那里接受教诲。一个下午拜访三位肯定来不及,往往是拜访两位,如果谈的事多,就只能拜访一位了。

赵先生给我的第二封信就比较长了,照录如下:

子善同志:新年好!

卅日来信及附件均收到。

《联合报》廿七日的,您竟这样快就看到了,不知是否直航寄来的?我恐怕月中才能见报,估计是从香港转递。最近该报又为春节约稿,我则以投递不便而踌躇。不实行"三通",

交流是困难的。

秦贤次先生我不认识，去年他莅沪，有所闻。可惜未获一晤。这次他为我写简介，殊为不易。

四十年代我编的一本女作家小说散文集《无题集》，去年湖南文艺出版社要去重印，改名《皇家饭店》，但以新华书店预定印数不足，至今尚未付梓。除非我愿自购千余册。我未同意，因我无法为此摆书摊。只好听之。

梁实秋纪念文集，经济效益也不会高，恐出版难。出版社若能着眼长远效益，社会意义就好了！建议你和北京三联书店试恰（洽），请他们从统战角度考虑接受。（拙作纪念梁文已收入我的一本集子，又略作修订。）

谢谢您复印的拙作。耑此，顺颂

冬安

赵清阁
一九八九，一，三。

信中所说的"《联合报》廿七日"指1988年12月27日台湾《联合报》副刊发表的赵先生的一篇文章（应是她的散文《文苑坎坷记》，已收入她自编的最后一本散文集《不堪回首》），我把剪报寄给赵先生，引发了她的一通议论。但她误解了，我之所以那么快看到，是因为正好有位台湾友人来沪，从飞机上带来的。秦先生指台湾学者秦贤次先生，他1988年10月来沪参加中华文学史料学学会首届学术研讨会，即信中所说的"去年他莅沪"。赵先生在"联副"发表的这篇文章的作者"简介"应出自秦兄之手，故赵先生说"殊为不易"。

不过，此信的重点是赵先生所编的《无题集》的重印和拙编《回忆梁实秋》入选她的大作两件事。抗日战争胜利后，赵先生从重庆回到上海，应主持晨光出版公司的赵家璧先生之请，主编一本现代女作家作品选，而且，赵先生"不愿选取女作家的旧作，而要求她们写出新作"，尽管"组稿相当困难"，[①] 赵先生经过一段时间的不懈努力，终于大功告成。1947年10月，赵先生主编的《无题集》由晨光出版，收入冰心、袁昌英、冯沅君、苏雪林、谢冰莹、陆小曼、陆晶清、沉樱、风子、罗洪、王莹和她自己共十二位当时在海内外的女作家的小说、散文新作，以第一篇冰心的《无题》题目作为书名。这本《无题集》也成为现代文学史上唯一一本女作家新作合集，颇难得。而袁昌英的《牛》、陆小曼的《皇宫饭店》和赵先生自己的《落叶无限愁》等也都成为这一时期女作家创作中的名篇。四十多年后，又是赵家璧先生建议重印《无题集》，赵先生才在致我信中写到此事，并为印数不够而犯愁。此事结果还是令人欣慰的，书名改为《皇宫饭店》的这部小说散文集，在赵先生给我此信九个月后，终于由湖南文艺出版社印行了。

此信所说最后一件事与我直接相关了。我那时已踏入梁实

---

① 赵清阁：《怀故旧，思悠悠·〈无题集〉重印后记》，《皇家饭店：现代女作家小说散文集》，长沙：湖南文艺出版社，1989年，第285页。

秋研究领域，正着手编集《回忆梁实秋》一书。我知道赵先生和梁实秋交往不少，梁实秋逝世后写过回忆文，故拟收入拙编以光篇幅，赵先生同意了。她先后写了两篇回忆，一为刊于《文汇报》的《忆梁实秋先生》，另一为连载于《团结报》的《隔海悼念梁实秋先生》，她提供给我的是两者的合并文，仍以《隔海悼念梁实秋先生》为题，也收入了后于1989年10月华岳文艺出版社出版的她的散文集《浮生若梦》。但她在信中建议把《回忆梁实秋》书稿送北京三联书店一试，我却没有照办。为求出书快，交给了吉林文史出版社，结果印出来的《回忆梁实秋》竟漏印我的《编者前言》，引起了海内外读者的误会，但木已成舟，后悔莫及。

赵先生此信还有一个不得不提的细节，即所用信封是旧信封拆开反过来重新粘贴而成，这件小事当然可以看出赵先生的节俭，而另一方面，这旧信封大有来头，是中国现代文学馆的信封，寄信人署"刘"，我推测应是当时中国现代文学馆副馆长刘麟先生。这是我为写此文重检赵先生来信的一个小小的新发现，可见当时现代文学馆与赵先生还是有联系的，这一点至关重要。

二

现存赵先生给我的信共四通，另两通都写于1994年，而且越写越长，谈论的问题也越来越多了。第一通是1994年2月22

日写的：

子善同志：

新年收到大函，甚谢！

承告台湾三民书局情况，至感！散文尚在编辑修订中，一俟竣事，再定夺出处。台湾印刷好，出书快，大陆已有不少作家在台出书，如萧乾、蛰存、朱雯等，但他们都是在买（卖现）成翻译，不像散文，虽系纯文学，也难免反映现实中有所犯忌，为此不无顾忌。……"联合"似乎超脱些，拟与痖弦通信时一问。

去岁台北开了一次"四十年文学会议"，乃联合报主办，你参加否？不知其时限如何框局？听说颇有笑谈。你如公（果）主持图书馆工作，于文学研究必大有裨益。

大陆大事宣传严肃文学，而出版社仍着眼市场效益，对散文、诗歌、戏剧不予接纳，其实并非读者不欢迎，乃新华书店售货员不欢迎也。因此，热衷文学事业的人宁肯自费印书，自己叫卖，为之啼笑皆非！我老矣，也该搁笔了！

专复，顺颂

新春安吉

赵清阁　94.2.22

在这封信中，赵先生所说的"散文尚在编辑修订中"，当指她的散文集《不堪回首》，后来于1996年4月由重庆出版社出版。赵先生送了我一本，扉页题字如下：

子善同志正之

赵清阁赠　96.11.4病中

信中写到她认识的大陆老作家萧乾、施蛰存、朱雯等在台湾出书，写到当时的台湾《联合报》副刊主编痖弦先生，他跟我也有很多联系，是一位杰出的诗人和认真负责的编辑家。还写到1993年12月在台北举行的"两岸三地中国文学四十年学术研讨会"。此会是大陆和台湾文学界首次在台湾召开学术交流会议，由痖弦先生策划操办，大陆的王蒙、刘恒、李子云、吴亮、程德培，以及当时在海外的刘再复、黄子平等都参加了。赵先生虽然年高，仍十分关心中文文坛动态，关心两岸文学交流，所以在信中特别提及。她所问的"不知其时限如何框局"，我当时无从奉答，现在才突然想到，或为1953年台湾三报联合版改名为《全民日报、民族报、经济日报联合报》，到1993年正好是四十年之故？至于她所说的"听说颇有笑谈"，我未与会，就不得而知了。

赵先生在此信中还对当时一些老作家出书难，出版散文等集子尤难的不正常现象提出批评，发出感叹，这些观点也曾在她公开发表的《著书·出书的感慨》[①] 等文中表达过，至今读来仍心有戚戚矣。

---

① 参见赵清阁：《著书·出书的感慨》，《不堪回首》，重庆：重庆出版社，1993年，第254—258页。

上海社会科学院文学研究所

子善同志：

赵清阁先生致陈子善函（2）

一个月以后，赵先生又给我写了一封信，此信最长，既谈她出书的事，也谈她生活上的困扰：

子善同志：

上月来信收悉。谢谢你对我结集散文《往事如烟》的鼓励，你是我的散文读者知己，所以错爱，深感欣慰。但散文无市场价值，加之我素无出版社关系熟人（非"关系户"），因而迄未找到出版社。原拟交台湾，三民书局表示："他们以两峡（岸）尚未关系正常，故对作品可能要作修改。"修改我不介意，但如何修改？我不得知，万一有所歪曲，岂不又生麻烦？……因此在台出书议不敢轻率，大陆已托端木蕻良设法推荐，不成功，就自费印出，为的今年八十又一，结束文学生涯……

拜托一事：阅报你校有发明电视眼镜应世，但未讲何处出售，拟请一询。我近年患白内障症，（秋天开刀）视力日衰，唯一电视的文娱生活又不愿放弃，能得此眼镜，获益匪浅！

你还研究现代文学否？近得重庆出版的《卅年代中原诗选》，颇感惊喜：①诗歌这一冷门文学竟还有人愿出。②看到久已佚名，被人（忘）的诗人诗作，难能可贵。③本人自己毫无记忆的诗作居然看到，感触万端！如你需要，便中来舍，当赠你一本。我买了几本。不易呵，应该支持。

即颂

文祺

赵清阁　94.3.22

当时我一定知道了赵先生将把新写的散文结集《不堪回首》（原题《往事如烟》），写信向她谈了我的期待，她才会在这封回信中把我称为"散文读者知己"，其实我是完全不敢当的。关于是否在台湾出书，赵先生在此信中进一步详谈了她的想法，老人家的态度认真而谨慎，最终，她自编的最后这部《不堪回首》散文集还是交给重庆出版社出版了。而她因白内障导致观看电视不便，希望我帮她代购"电视眼镜"，此事我已了无记忆，但愿当时没让她失望。

此信最后一段，赵先生与我分享了她的喜悦。1993年8月，重庆出版社出版了诗人周启祥主编的《三十年代中原诗抄》，这本诗集现在几乎无人提及，却是一本颇具特色的新诗选本，是现代文学作品整理和研究"地方路径"的一个生动范本。书中除了收入徐玉诺、于赓虞、陈雨门、姚雪垠、苏金伞等知名的河南作家的新诗，大部分是名不见经传的河南新诗人的作品。其中女诗人仅三位，第一位就是赵清阁先生。所以，她完全有理由"颇感惊喜"，为居然还能看到"自己毫无记忆的诗作"而"感触万端"！书中共收入她的《别离曲：寄金芝姊》《新生：献给关心我的朋友》《春的咒诅》《净歌》四首新诗，且录她19岁时所作的较为短小的《春的咒诅》，以见其早年诗艺和倔强刚烈性格之一斑：

春来了吗？——我不相信，/这生活怎的依然是萧瑟低沉；/呵！我已是死了一半的人，/不能感受这阳春的温馨。

春来了吗？——我不相信，/过去的美好何以不能追寻？/呵！今日我是如此的颓废，/失掉了这人间的春深。

我将祈求着大地的陆沉！/让这恶浊的人间同归于尽；/春呵！连你也要埋没在内，/请不要再向我故作骄矜。①

三

赵先生与我通信当然远不止这四通，但当下只检出这四通，只能对这四通略作诠释。值得庆幸的是，还检出赵先生写给我的一纸毛笔字，照录如下：

杜诗集句

浮生一病身，惨淡向时人。

江城带素月，披豁对吾真。

子善同志雅嘱

庚午中秋赵清阁书于上海

庚午年是1990年，该年中秋是10月3日，赵先生应我之请，写下了这首《杜诗集句》。字写好钤章时，赵先生一不小

---

① 赵清阁：《春的咒诅》，周启祥等编：《三十年代中原诗抄》，重庆：重庆出版社，1993年，第129—130页。

杜诗集句

浮生一病身，惨澹向时人。
江城带素月，披豁对吾真。

子善同志雅嘱

庚午中秋赵清阁书于上海

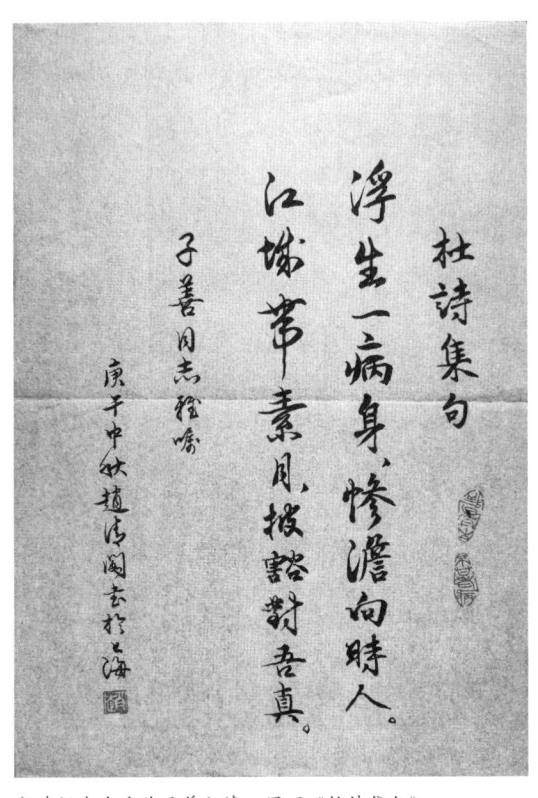

赵清阁先生应陈子善之请，写下《杜诗集句》

心，把闲章"不甘老病"钤倒了，不得不重钤了一次。于是，这幅《杜诗集句》上就留下了一正一反两方"不甘老病"，颇有趣。记得赵先生把这幅字寄给我时，还在信中自嘲了两句。字笺保存下来了，可惜这封信找不到了。

当时收到这首集句，我有点意外。原以为赵先生会手书自己的诗作或抄录前人之作给我，没想到她会写老杜集句的小笺给我。转念一想，这是她当时心情的自然流露，也说明她熟读杜诗并深有感触。《杜诗集句》首句出自老杜的《奉送十七舅下邵桂》："绝域三冬暮，浮生一病身。"第二句出自《寄张十二山人》："艰难随老母，惨淡向时人。"第三句出自《听杨氏歌》："江城带素月，况乃清夜起。"最后一句出自《奉简高三十五使君》："天涯喜相见，披豁对吾真。"被赵先生这样一集，焕然一新，成了一首传达她自己所思所感的五绝了。中秋夜集"江城带素月"句无疑是恰切的写实，而"披豁对吾真"句更是赵先生一生真诚待人的写照。

赵先生曾自述："我自幼喜爱旧体诗，但年轻时仅写些新诗，偶尔习作旧体诗词"。[①] 她喜爱杜甫，或与老杜的诗沉郁深邃、气象万千有关吧。1940年代后期，她在沪参与编辑《文潮月刊》，发表过友人梁实秋的《杜审言与杜甫》等文，恐也有点关系。这首《杜诗集句》，我不知道赵先生是否还书赠别

---

① 赵清阁：《茅盾谈旧体诗词》，《不堪回首》，重庆：重庆出版社，1996年，第226页。

人，但"浮生"这个词，她一用再用，她晚年的第三本散文集不就题名《浮生若梦》吗？书前的序诗里也有"浮生"句："砚贮相思泪，笔志师友情。浮生若梦幻，处处风雨声。"① 她还把晚年所著四本散文集的书名都写进一首七绝中：

沧海泛忆往事真，行云散记旧风尘。
浮生若梦诗文泪，不堪回首老病身。
　　昨立春偶得七绝一首，句中嵌进余之散文集书名，尚觉自然贴切有意趣。

虎年新正赵清阁于上海

《不堪回首》出版于1996年，两年后的1998年正是"虎年"。她在该年2月18日"立春"日写下这首带有自传色彩的七绝，② 一年之后就谢世了。把自况意味甚浓的《杜诗集句》和这首七绝联系起来读，我们或许更能体会赵先生晚年孤身一人，回首前尘旧痕时的苍凉心境。

四

追忆赵清阁先生，有件事要不要写？我颇费踌躇。这件事

---

① 赵清阁：《诗代序》，《浮生若梦》，西安：华岳文艺出版社，1989年，插页二。
② 这首七绝手迹初刊赵清阁著、沈建中编：《长相忆》，上海：文汇出版社，1999年，正文第3页。

赵清阁先生赠书

读者也许能猜到,即赵先生与老舍先生的恋情。近年来,随着一系列新史料的陆续出土①,此事可说已完全水落石出。当年我登门向赵先生请益时,已经听到一些关于她和老舍的风言风语,但我是后辈,前辈之间的事,特别涉及两位我尊敬的作家的私密感情,我是没有资格发问,更没有资格说三道四的。我一直认为经历了那么多惊涛骇浪的赵先生,他们那代人的追求、困扰和情感煎熬,后人是很难理解的,更不容胡乱猜测和亵渎。所以,去拜访赵先生,我一直恪守这条原则,绝不唐突。只有一次,很巧,赵先生房中正好悬挂着一幅老舍的字,具体内容已记不真切,赵先生见我站着端详良久,就问:"你没有见过老舍的字吗?"我连忙回答:"确实首次见到老舍先生的真迹,很荣幸。"赵先生笑笑,招呼保姆倒茶了。此后,老舍再未进入我和赵先生之间的话题。不料,后来发生的一件事,还是与之相关了。

1999年2月3日是老舍百岁冥诞,1998年下半年北京中国现代文学馆就开始筹备纪念活动,这是题中应有之义。当时在

---

① 关于"舒赵之恋",近年海内外出版的相关著作如下:一,赵清阁编、史承钧校订:《沧海往事:中国现代作家著名作家书信集锦》,上海:上海文艺出版社,2006年。书中收录老舍致赵清阁信四通,写于1955年4月25日的第一信,原稿老舍自称"克",称赵"珊",为《呼啸山庄》中恋人茚珊和安克夫的简称。二,傅光明著:《书信世界里的赵清阁与老舍》,上海:复旦大学出版社,2012年。书中收入韩秀谈"舒赵之恋"的信多通。三,洪钤编:《中国现代女作家赵清阁选集》,台北:秀威资讯科技公司,2016年,书中《编选者后语》以知情者身份和丰富的第一手资料,集中讨论了"舒赵之恋"。

纪念馆工作的傅光明兄率摄制组来沪,拟采访一些文坛前辈,以赵先生与老舍的关系,当然是首选。傅兄找到我,要我先代为预约。我马上意识到这不是件容易的事。记得有次拜访赵先生,闲聊中不知怎么谈起巴金老人把他的大批藏书和资料捐给了现代文学馆,我就脱口而出,建议赵先生也可这样做。赵先生听了似有不悦,不置可否。我一看苗头不对,马上转换了话题。所以,我对赵先生与现代文学馆的关系微妙是有所觉察的,虽然正如前述,她与刘麟先生还保持着通信,刘麟先生的《无声的对话》一文还披露了赵先生与他关于冰心老人以往书信的四通信札。① 但既受傅兄之托,那就尝试一下。

此事结果,可想而知,失败了。这次为写这篇回忆,我特向傅兄核实,他2022年3月8日的答复如下:"1998年10月20日,兄给赵先生打电话,后回复我说:'赵先生要看明天身体情形再定。'弟开始在兴奋中期待,次日,兄电话告知'婉拒'。"赵先生具体怎么"婉拒"的,我的日记未记,现在更记不清了。我1998年10月21日日记的相关内容则是这样的:

中午至感恩苑见傅光明及现代文学馆摄制组,同席还有王为松、雷启立和唐晓云,由唐赏饭,畅谈老舍和文坛往事。下午陪同傅光明等至华东医院访柯灵,听柯灵谈纪念老舍百岁冥

---

① 参见刘麟:《无声的对话》,《文学的思念》,北京:西苑出版社,2021年,第202—205页。

诞的感受。

赵先生当时确在病中,"身体不舒"固然是实情,不愿接受现代文学馆采访,尤其不愿对文学馆来人谈论老舍,恐怕更是实情,所以只能"婉拒"。一年之后,她就与世长辞了。未能留下关于老舍的谈话录像,确实令人遗憾。但若设身处地为赵先生想,她又怎么谈呢,能说些什么呢?如此说来,我毕竟还是唐突了。不知赵先生是否会怪我"多事",徒增她的烦恼。不过,我们以后还有联系,这事就这样过去了。

我 2009 年主编《现代中文学刊》以后,先后发表了老舍和赵清阁研究者史承钧、傅光明等多位发掘"舒赵之恋"史实的文章,因为我认为这对研究这两位现代作家的文学创作和情感历程是不可或缺的。三个月前刚刚发表的最新一篇《老舍写给赵清阁的一首情诗》(史承钧作),公布了老舍作于 1941 年 2—3 月间的一首五言古诗手迹,赵先生一直保存至离开人世,不妨转录如下:

童年弱且贫,事事居人后;邻儿有彩衣,默默垂我首!及壮游四方,营营手到口;文字浪得名,笔墨惭深厚。中岁东海滨,陋室安妻丑;方谓竟此身,书史老相守。血腥起芦沟,仓促西南走。大江日夕流,黄鹂啼翠柳,逢君黄鹤楼,淡装照无垢;相视俱无言,前缘默相诱!灯火耀春暮,分尝一壶酒,薄醉情转殷,脉脉初携手!幽斋灯半明,泪长一吻久!先后入巴峡，蜀山云在肘：辛勤问暖寒，两心共藏否，天地唯此情，此情超朋友！日月谁与留，四载荷连藕，我长十六龄，君今方三九。桃源春露浓，鸳鸯花下偶，缓缓吹东风，花雨落窗牖！愿斯千里缘，山河同不朽，世世连理枝，万死莫相负！

一九四一年于渝

五

2021年9月28日至12月26日，上海博物馆举办"高山景行：受赠文物展"。文物展结束前夕，我赶去观看，还认真看了两遍，结果越看越生气。

必须把时钟转回整整三十年前。1991年年末的一天，我有幸应赵清阁先生之邀，参加她向上海博物馆捐赠所藏字画的小型仪式。大概她知道我对现代作家艺术家的字画有浓厚兴趣，所以在捐赠仪式前通知我，邀我参加。我当然是受宠若惊，求之不得。那天下午到场的除了赵先生本人，还有上海博物馆的几位负责人，都是文物鉴赏方面的专家，记得有馆长马承源先生、副馆长汪庆正先生等，还有谁，已记不住，而唯一的年轻人就是我。记得赵先生捐赠的字画，除了扇面，都已装裱，一轴又一轴，满满放在一张大桌上，工作人员一轴一轴徐徐打开，让大家观赏，赵先生还不时在旁解说几句。这是我有生以来第一次近距离接触那么多名家真迹，真觉得如在山阴道上，应接不暇，大饱了眼福。后来，我在1992年5月23日济南

《作家报·中华文学史料学学会专页》上发表了一篇短文《观赵清阁捐献字画有感》，引录关键的一段：

> 她这批历经战乱和"文革"劫火终于幸存的近现代名家字画我是首次见到。除了吴昌硕、齐白石、徐悲鸿、傅抱石、沈尹默等书画大家的精品外，我最感兴趣的还是鼎堂（郭沫若）、老舍、田汉、赵景深等现代作家的书法作品。鼎堂1943年为赵清阁书写的一幅扇面，工整的蝇头小楷，风格与后来的完全不同。而老舍书写的一幅扇面，内容为《忆蜀中小景》五绝两首，极有可能还是老舍的佚诗。更为难得的是徐志摩夫人陆小曼在40年代末写的一幅扇面，用娟秀的正楷书录了徐志摩诗《这年头活着不易》（个别字句有出入），可谓别开生面，因为扇面上题写新诗是很少见的。

以上都是我的亲眼所见，真实记录。仪式结束后，上海博物馆方设晚宴感谢赵先生，我叨陪末座。看得出来，赵先生那天很高兴。在宴席上，不记得是马馆长还是王馆长主动表示，为感谢赵先生的慷慨捐赠，上海博物馆将把这些珍贵字画编印成书，以为纪念。赵先生虽然连说不必，但脸上还是露出了欣慰的微笑。这个情景虽已时隔三十年，却仍然定格在我的脑海里。也因此，我那篇小文的结尾特别写道：

> 听说上海博物馆有意把赵先生捐献的字画编印成册，以广

流布，这是令人欣喜的好消息，我期待着此书早日问世。

万万没想到，等啊，等啊，一直等到1999年11月27日赵先生逝世，这本纪念图册仍杳无音信，不见踪影。我后来去看赵先生，不敢再提此事，怕她不高兴。但我觉得，赵先生虽然大度，虽然从不再提此事，当她离去时，如想起这桩未了的心愿，还是会感到遗憾的吧？

更没想到的是，在赵先生向上海博物馆捐赠字画三十年后，上海博物馆举行受赠文物展，又把赵先生的捐赠遗漏了！就参展的现代作家的捐赠而言，文物展展出了郑振铎捐赠的汉代人物画像砖，巴金捐赠的董其昌行书诗册，夏衍捐赠的纳兰成德手札长卷，还有陈从周捐赠的陆小曼东山骑归图轴，唯独没有一件赵先生的捐赠，众多"高山"之中就缺少了赵先生这一"山"。我前前后后仔细看了两遍，确认确实一件没有之后，在展厅里徘徊良久，大为惊讶之余，不禁悲从中来！赵先生竟然缺席，难道她的捐赠水准不够，不值得展出一二？与董其昌、纳兰成德等相比，赵先生的收藏也许比不上，但吴昌硕、齐白石、徐悲鸿、傅抱石、沈尹默等的字画，哪一件比陆小曼差？陆小曼自然应该展出，即便是陆小曼的字画，她写给赵先生的徐志摩新诗扇面，才是独一无二的呢。

在我看来，赵先生捐赠的这些名家字画，不仅是她历经劫波的幸存，是她与文坛画苑前辈和友好交游的真实见证，也是珍贵的文物、特殊的文献，很可能具有意想不到的可供深入研

赵清阁先生赠女翻译家罗玉君的迎春图

究的价值。当年赵先生把它们捐赠上博,一定是经过了郑重的考虑。不实践诺言把它们印出来,也不把它们展览出来,实在是辜负了赵先生的一片苦心,一番诚意啊!

而今,赵清阁先生、马承源先生、汪庆正先生都已谢世,不知还有几个人知道这件往事。我作为一个当时在场的见证者,有责任把这段史实记录下来,让后人知道。

最后,我忍不住发问,赵先生未了的遗愿,何时才有可能实现呢?

(原载2022年8月《传记文学》总387期)

刘以鬯先生培养了我
——忆与《香港文学》的因缘

1985年1月,刘以鬯先生主编的《香港文学》在香港创刊。三十八年后的今天,对《香港文学》自1980年代以来在香港文学史、中国文学史乃至世界华文文学史上的地位和影响,文学史家也许已经认识得比较清楚了。而我只想从个人的角度回忆与《香港文学》的因缘,缅怀培养和提掖我的刘先生。

我为香港报刊撰稿,可以追溯到1980年代初。最初出于谨慎,主要向香港《文汇报·笔汇》投稿。那时内地与香港的文学交流还不频繁,在这方面也是不断地排除各种干扰,慢慢地逐步开放的。幸运的是,《香港文学》一创刊,香港文学史料研究家陈无言先生就寄给我了,而我也及时收到了。创刊号内

陈子善策划的《香港文学》1988年11月第47期"梁实秋逝世周年纪念特辑"封面。

容之丰富，装帧之别致，与内地的文学刊物大为不同，而"顾问"阵容之强大①，刊名题签及其"笔力雄健，富有活力"的风格②，也令我耳目一新。接着，1985年2月出版的第2期刊出了"戴望舒逝世三十五周年纪念特辑"，颇具文学史料价值，更是深深吸引了我。③

喜欢舞文弄墨的我，因此萌生了向《香港文学》投稿的念头。恰好4月第4期上有读者对"戴望舒纪念特辑"刊出的戴望舒致郁达夫一封信的写信日期提出商榷，于是，我就写了商榷之再商榷的一则《也谈戴望舒致郁达夫信》寄给《香港文学》社长兼总编辑刘以鬯先生，寄出后有点忐忑不安，不知能否被采用。不料，拙文很快就在《香港文学》1985年7月第7期上刊出。这是我在《香港文学》上发表的第一篇作品，虽然只有短短八百余字，但编排用心，竟占了整整一页，颇为疏朗

---

① 《香港文学》创刊时的顾问为钱锺书、夏志清、周策纵、余光中、赵令扬、白先勇、叶维廉、梁秉钧、竹内实等十一位，其中多位后来我都有幸结识或交往。

② "香港文学"刊名为作家、书法家台静农所书，一直沿用至今。"笔力雄健，富有活力"是刘先生对台静农书法的评价。但当时因故未能公开作者台静农的大名，详情参见刘以鬯：《台静农为〈香港文学〉题署刊名》，《他的梦和他的梦》，香港：明报出版社，2003年，第170—177页。

③ 《香港文学》1985年2月第2期还发表了一篇重要文章，即柯灵的《遥寄张爱玲》，上海柯灵故居至今保存着刘先生当年关于此文与柯灵的通信。两个月后，此文才在北京《读书》月刊重刊。所以，这是柯灵这篇回忆和研究张爱玲名文的首刊，《香港文学》推动张爱玲研究功不可没。

大气。刘先生对我这样的青年研究者的赏识,给了我很大鼓舞。

1985年8月30日是"五四"新文学巨匠郁达夫殉难40周年,可能因为我是香港三联书店版《郁达夫文集》的编者之一,刘先生命我参与《香港文学》"郁达夫殉难四十周年纪念特辑"的组稿和撰稿。这是刘先生对我的很大信任,我当然全力以赴。1985年10月《香港文学》第10期刊出了这个纪念特辑,收入新发现的《郁达夫文集》失收的一组郁达夫集外文,计《一月日记》《黄河南岸》《读明人的诗画笔记之类》《图书的惨劫》等九篇;时居英国的凌叔华作《回忆郁达夫一些小事情》和时居美国的钱歌川作《回忆郁达夫》;我写的《香港郁达夫研究管窥(一)》;我与王自立先生合编的《〈郁达夫文集〉未收郁达夫作品目录》等,可以说是较好地完成了刘先生的嘱托。

从此之后,我就成了《香港文学》的常年作者,不妨把我从1985年—1997年间在《香港文学》上发表的各类文字胪列如下(或许还有遗漏):

也谈戴望舒致郁达夫信　　　　　1985年7月第7期
香港郁达夫研究管窥(一)　　　　1985年10月第10期
《郁达夫文集》未收郁达夫作品目录
　　　　　　　　　　　　　　　1985年10月第10期
　　　　　　　　　　　　　　　(与王自立合编)

《郁达夫文集》未收郁达夫作品目录补遗

        1985年12月第12期

国际笔会中国分会活动考（1930—1937）

        1988年1月、2月、3月、

        4月第37—40期

《国际笔会中国分会活动考》补遗 1988年8月第44期

遗落的明珠——新发现的雅舍佚文琐谈

        1988年11月第47期

梁实秋著译年表（1920—1949） 1988年11月、1989年2

        月、3月、5月、6月第

        47、50、51、53、54期

关于《围城》的若干史实 1991年2月第74期

遥祭李辉英先生 1991年7月第79期

研究郁达夫诗词第一人——郑子瑜 1991年9月第81期

关于闻、梁佚诗的通信 1991年10月第82期

藏书家的遗憾——悼念唐弢先生 1992年3月第87期

戴望舒佚文发现记 1993年1月第97期

周作人的《饭后随笔》 1993年5月第101期

《荒原》中译本及其他 1993年12月第108期

叶灵凤《永久的女性》前言 1994年2月第110期

先生之风，山高水长——关于《回忆台静农》的对话

        1994年6月第114期

孙大雨和泰戈尔 1995年3月第123期

对这份拙作目录,我自己都吃了一惊。从中可以清楚地看出,在这十二年里,我几乎每年都有作品发表于《香港文学》,有时还一年刊出好几篇。可以毫不夸张地说,在这个时间段里,我即使不是在《香港文学》发表作品最多的作者,恐怕也是最多的作者之一。而之所以不厌其烦地将其列出,并非要说明我有多大能耐,而是希望今天的读者能真切地了解刘以鬯先生当年是如何主编《香港文学》,如何在编刊中关照和培养像我这样的中国现代文学史料研究工作者的。

《香港文学》创刊一周年时,刘以鬯先生在"一周年纪念特大号"编后记中明确宣告:"我们决定在被某些人士称为'文化沙漠'的香港创办一种世界性中文文艺杂志。"① 十四年后,在回顾主编《香港文学》的甘苦时,刘先生进一步表示:"办《香港文学》有两个宗旨:(一)提高香港文学的水准;(二)将各地华文文学当作有机的整体来推动。"② 而要实现这两个远大目标,使《香港文学》成为香港文学和世界华文文学共同的交流平台,刘先生大胆地采取了文学创作、文学评论、文学活动和文学史料四大内容并重、齐头共进的编刊方针,这

---

① 刘以鬯:《"沙漠"的绿草》,《香港文学》1986年1月第13期"一周年纪念特大号"。
② 刘以鬯:《编〈香港文学〉的甘苦》,《畅谈香港文学》,香港:获益出版事业公司,2002年,第262页。

是《香港文学》区别于内地绝大部分文学刊物的一个显著特色。① 刊登文学创作、文学评论和文学活动报道，本是一个文学刊物题中应有之义，可不必多说，而刘先生如此重视文学史料，又是为什么呢？

刘以鬯先生自己的文学生涯始于1930年代中期，② 在漫长的文学征途中，他与许多内地和香港的新文学作家有交往。在一直致力于新文学创作的同时，刘先生也一直关注对各个不同历史时期新文学作家作品的搜集、整理和研究。不仅如此，他还亲力亲为，探讨"香港新文艺始于何时"，出版文学回忆录《看树看林》，③ 主编《香港文学作家传略》，④ 在我看来，这些都是他在香港文学史料整理和研究上的突出成果，正如另一位

---

① 当时内地的文学杂志绝大部分都以发表文学创作为主，专门刊发文学史料的仅《新文学史料》一家。后来创办的台湾《联合文学》月刊倒是借鉴了《香港文学》的做法。

② 刘以鬯先生的处女作是短篇小说《流亡的安娜·芙洛斯基》，"写一个白俄女人离乡背井流转到上海的生活"，刊于1936年5月上海《人生画报》第2卷第6期。1990年3月我到港首次拜见刘先生，漫谈中提及这篇作品，我返沪后查到复印寄给刘先生，他很高兴。后来刘先生在《我怎样学习写小说》中首先提到此文，参见《他的梦和他的梦》，第338—339页。

③ 除了《看树看林》（香港书画屋图书公司，1982年），刘以鬯先生后来还出版了《畅谈香港文学》（香港获益出版事业公司，2002年）、《他的梦和他的梦》（香港明报出版社，2003年）和《旧文新编》（香港天地图书公司，2007年），这些著作中均不同程度地收入了刘先生的文学回忆录和关于香港文学史的考证文字。

④ 刘以鬯主编：《香港文学作家传略》，香港：市政局公共图书馆，1996年。这部厚达960页的大部头，至今仍是研究香港文学史必不可少的工具书。

香港作家慕容羽军所说：刘先生"很虔诚在整理文学史料"。① 由此可知，刘先生对从事文学史料研究工作的意义和艰辛都有切身体会。对改革开放后"重写文学史"，重新评估"五四"以后新文学各方面的成就和不足，刘先生也有清醒的认识。因此，他主编《香港文学》，也就格外看重现代文学和香港文学史料，除了不断推出作家纪念特辑以示对文学前辈的尊重和怀念，还不吝篇幅，不断刊登各种各类整理文学史料的研究成果，如作家集外文的发掘、文学活动史实的爬梳、作品目录的编撰等，而我也就有幸成为刘先生这个富于远见的做法的受惠者。②

而今回顾我在《香港文学》上发表的这些现代文学史料研究文字，涉及周作人、郁达夫、梁实秋、闻一多、孙大雨、叶公超、台静农、戴望舒、叶灵凤、李辉英、唐弢、钱锺书、赵萝蕤、郑子瑜等现代重要作家，其中不少是刘先生熟悉的友人，还有不少曾在香港留下或深或浅的足迹。当然，他们中的大多数曾长期在内地被打入另册，排除在文学史著述之外。刘先生对我从发掘史料入手，介绍这些作家鲜为人知的作品和文学活动，从而更全面地重新探讨他们的文学成就，都表示欣赏

---

① 慕容羽军：《我与文艺刊物》，《香港文学》1986 年 1 月第 13 期"一周年纪念特大号"。
② 除我之外，已故的浙江湖州徐重庆兄，也是刘以鬯先生一手提携的《香港文学》作者。他虽非学院中人，却痴迷现代文学史料，在《香港文学》上发表了不少史料考证文字，披露了郁达夫、徐志摩、张爱玲等作家的重要史料。遗憾的是，刘先生与徐重庆兄未曾谋面。

和认可，都及时发表了我的研究成果。尤其应该提到的是，他拨出《香港文学》的宝贵版面，先后连载我对胡适、徐志摩等创办的国际笔会中国分会活动的长篇考证，以及对梁实秋1949年以前著译目录的系统整理，这是很少有的破例。这固然出于刘先生对文学史的独到眼光，又何尝不是对我工作的高度肯定。

还应该说明的是，那些年里，我投给《香港文学》的文稿，不论长短，刘以鬯先生几乎全部在第一时间刊用了，这是刘先生对我的厚爱。他还经常来信询问我的下一步工作，予以必要的指点。在记忆中，只有一篇拙作未能在《香港文学》刊出，那就是《刘延陵忆郁达夫》。刘先生收到此文后，马上给我回信，因那段时间《香港文学》稿挤，为不致耽搁太久，拟将此文转到他所主持的《星岛晚报》副刊及时发表，特此征求我的意见。我当然回信表示同意，此文随即刊于1990年6月21日《星岛晚报·大会堂》。刘先生主编《香港文学》，对作者，哪怕是我这样的后辈的尊重，对处理来稿的细心和周到，由此可见一斑。

刘以鬯先生以百岁高龄谢世，海内外中文文学界同声哀悼。作为作家、编辑家和文学史料研究家的刘先生，他在小说、散文等创作上的杰出成就，他对香港文学发展的众多贡献，以及他在香港文学史和中国文学史上的重要地位，一定会有研究者不断评说，深入阐发。我只是追忆我自己为《香港文学》撰稿时所亲身感受到的刘先生的长者风度和对后学的热情提携,以此表达我对刘先生的深切思念和感激。

(原载 2018 年 8 月《香港文学》总 404 期)

1980 年代与黄裳先生的交往

2019年6月15日是黄裳先生诞辰一百周年。济南凌济兄是"黄迷",不是一般的"黄迷",而是十分入迷、近乎痴迷的资深"黄迷"。他起意编一部《榆下夕拾》作为纪念,并为黄裳研究的深入提供新的史料。因我与黄先生有交往,他要我写些话。当然,这是义不容辞的。

我拜访黄先生、向黄先生请教,始于20世纪80年代初。但是,我那时自以为记忆力强,不记日记,以至到了年过七十的今天,许多交往细节早已不复记忆。值得庆幸的是,三年前,陆灏兄摘示黄先生1980年代日记中关于我的若干记载,正好可以据此追忆当年面聆黄先生教诲的一些情景。以下就照录黄先生相关日记,并略作回顾和考释。

1982年

11月22日:"得陈子善信(郁达夫集编者),复之。"

11月24日:"下午陈子善来访,谈有关郁达夫事。渠为文集编者之一,以《郁达夫忆鲁迅》小册相赠,谈至五时始去。"

这应该是我首次打扰黄先生。先写信求见,黄先生当天就作复,我第二天收到,第三天就登门拜访。那时平邮信件真快,如在今天,就非快递不可了。首次求见,话题就围绕郁达夫展开。郁达夫是黄先生很感兴趣的文坛前辈,他晚年还写过关于郁达夫《忏余集》的长篇"拟书话",对达夫的名文《钓台的春昼》《迟桂花》等都有精到的品评。因此,那天下午在黄宅"谈到五时始去",黄先生一定也是谈兴甚浓。

《郁达夫忆鲁迅》是我与王自立先生合作编注的一本小书,收入达夫所写的关于鲁迅的长文短制,胡愈之先生题签,1982年1月花城出版社出版。

1983年

5月15日:"发陈子善信,约期来取郁达夫题《湘弦别谱》拍照。"

5月18日:"上午陈子善来,谈半小时去。以郁达夫题《湘弦别谱》一册借之拍照。他谈到了一些问题,朱自清、徐志摩等日记都被删节后重印,结果许多有价值的东西删落了。主要的正是对时人的评论,这是可以写一文的。"

7月5日:"陈子善来访,还来书二本;又赠达夫资料二本,复信谢之。"

这三段日记都与我向黄裳先生借《湘弦别谱》一事有关。应该是首次拜见黄先生时,他主动提及藏有郁达夫旧藏《湘弦别谱》,我才半年之后斗胆去信索借。线装《湘弦别谱》一册,清朱绶自刻词集,黄先生认为是"罕传佳本",又系"风雨茅庐中出者,更可珍重"。我不研究词学,但那时我与王自立先生合编的《郁达夫文集》还在陆续出版中,急需有意思的书影作为插图。《文集》前几卷中,责编疏忽,竟选用了一种盗版本书影,闹了笑话,后来《文集》重印精装本时才抽换。《湘弦别谱》既是达夫旧藏,封面又有他亲笔题签,无疑可作别具一格的书影之用,所以才贸然开口,没想到黄先生一口应允。黄先生藏书多,好不容易检出后通知我去取。我拍好照归还时,黄先生不在家,是师母接待的。奉呈的"达夫资料二本",极可能是《郁达夫研究资料》上下册(与王自立先生合编,1982年12月天津人民出版社出版)。黄先生还特别复信致谢,老一辈讲究礼数,由此可见一斑。可惜《湘弦别谱》书影《郁达夫文集》未能用上,后来用在1995年3月三联书店出版的《卖文买书——郁达夫和书》中,总算没有辜负黄先生的一番美意。

关于"朱自清、徐志摩等日记都被删节后重印"一事,应是我告诉黄先生,朱自清日记整理发表过程中出现了问题。

1963年11月，上海文艺出版社版《中国现代文艺资料丛刊》第3辑刊出王瑶先生"选录"的《朱自清日记选录》；1981年《新文学史料》总第10期起又连载陈竹隐先生整理的《朱自清日记》。虽然陈先生已在她的《前言》中说"我把日记中纯粹属于个人生活记载的若干文字删掉了"，虽然两位都是"选录"，所选有所不同本在情理之中，但当我把王选本与陈选本加以对照，发现1933年1月28日全天和1月29日一大段总共将近一千二百余字日记陈选本未录时，我仍感到惊讶。我向黄先生表示了自己的困惑，黄先生认为"这是可以写一文的"。后来，1998年3月江苏教育出版社出版《朱自清全集》第9卷刊登的朱自清日记中，这一千二百余字仍未恢复。

1985年

9月11日："得陈子善信，复之，赠《珠还记幸》一册。他说最近在北京三联服务部欲买此书，已售缺了。不料此书销路如此，过去曾为书价太高而担心，可见自有读书，不计较此种事也。"

黄先生著《珠还记幸》1985年5月北京三联书店初版，厚达524页，定价3.20元，在当时算较贵的书，所以黄先生对此书销路有点担心。但是出乎他意料的是，此书大受欢迎。我在北京未能买到，只能厚着脸皮向他讨书。为写此文，检出他34

年前送我的这本《珠还记幸》，前环衬有他的钢笔题签：

赠子善同志　　　　　黄裳　一九八五，九月。

更出乎我意料的是，书中扉页之后还夹有一通黄先生9月11日当天复我的短信，多年来我无数次查阅此书，竟一直没注意到！现把此信一并照录如下：

子善同志：

信悉。

小书一册寄上请哂存。此书竟在京售缺，亦出意料。

你说国内有些学术刊物发表评论我的散文的文章，我因孤陋，未见，有暇盼以目录见示，感甚。

匆祝

刻安

黄裳　九月十一日

当时什么刊物发表了谁写的评论黄裳先生散文的文章，已无法记起，但黄先生的嘱托，想必是办理了。

1986年

4月4日："得陈子善信，告台湾《联合文学》（86/2）二卷四期转载我的散文六篇，题为"书卷墨痕——黄裳散文六

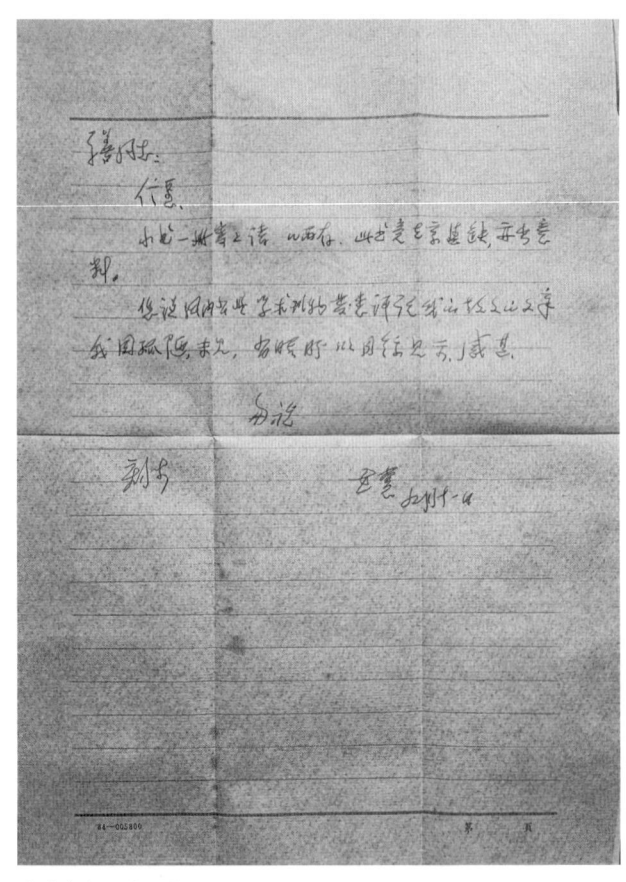

黄裳先生致陈子善函

篇……"

4月13日："寄陈凡、陈子善、俞平伯信。"

4月29日："下午陈子善来谈，赠《联合文学》（16期）一册，有选我的散文六篇。赠以《河里子集》一册。谈至五时许去。"

这三段日记都与黄先生的散文在台湾转载一事有关。台湾大型文学月刊《联合文学》创刊于1984年11月，诗人痖弦主编，编辑委员为梁实秋、夏志清、陈映真、余英时、白先勇、王文兴、李欧梵等，阵容强大，至今仍是台湾屈指可数的文学杂志。《联合文学》创刊号就刊出"作家专卷"，较为全面地推介作家兼画家的木心，后又辟有不定期的"大陆文坛"专栏，在转载黄先生散文之前，转载过作家魏金枝、陈白尘、仇学宝、张弦、李存葆、贾平凹和学者冯友兰等的作品。1986年2月《联合文学》第16期"大陆文坛"栏刊登了以"书卷墨痕——黄裳散文六篇"为总题的黄先生六篇新时期创作的散文，即《珠还记幸》《我的端砚》《如梦记》《诚则灵》《"雅贼"》《"危险的行业"》。难得的是，专辑之前，还有一则以"编辑室"名义加的按语，不长，照录如下：

老作家黄裳在散文创作之外，也是知名的版本学家和藏书家。因为特别喜欢"旧"，到了"破四旧"的"文革"爆发时，自是在劫难逃，抄家后发放"干校""劳改"。近年复出后，执笔为文，免不了涉及"文革"，但鲜有直笔，多寄托于旧时文物、故人翰墨的怀念。笔触含蓄内敛，每在平淡中另有所讽。另有一些短文，对"文革"的愚民政策，晚近的文物失落，都在可能的尺度里，委婉地抗议。本期所刊诸文，选自黄裳一九八五年在香港出版的散文集。

从文笔的老到推测，这则按语很可能出自痖弦先生本人手笔。这是黄裳先生的作品首次进入台湾，黄先生想必是高兴的。"一九八五年在香港出版的散文集"为《珠还集》，1985年5月香港三联书店初版，六篇散文均收在此书之中。此书我记不起得之何处，但2004年秋拜访黄先生时，请他在此书上补题：

此香港印本，与内地不同，亦版本异同之一事。

子善兄藏

黄裳　甲申秋盛暑

4月29日黄先生日记中所记的赠我的《河里子集》系散文和杂文合集，1986年1月香港博益出版公司初版，为黄先生晚年所出集子中开本最小的一种。那天下午又"谈至五时许去"，可见黄先生又一次谈兴甚浓。

1986年

7月22日："寄俞平伯、钟叔河、陈子善信，为编知堂集

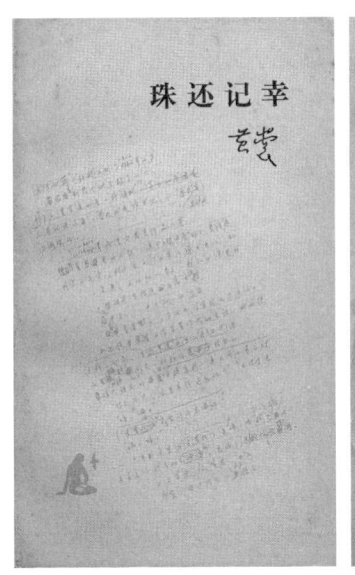

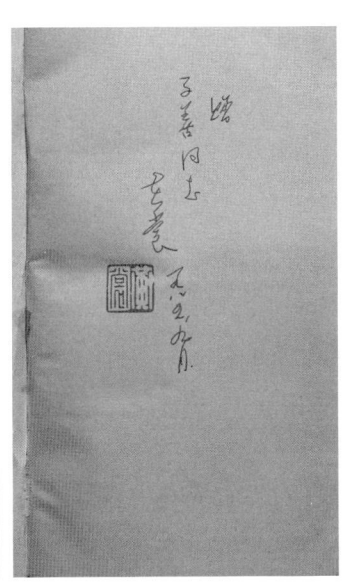

黄裳先生赠书及扉页

外文事。"

8月7日："下午陈子善来，长谈，商编印知堂集外文事。又知海外文坛诸事。孔罗荪、刘白羽等在巴黎与海外学人争论梁实秋评价事。又说柯灵近撰一文论梁实秋，将在港报发表云。"

从这两段日记可知，至少在1986年7月之前，已有编辑知堂集外文之议。此事是钟叔河先生提议的。钟先生嘱我参与，更希望得到俞平伯先生和黄裳先生的指点和帮助。一定是钟先生或我先向黄先生提出，所以才有黄先生7月22日给我们三人的信。而到了8月7日，我又造访黄先生，与他进一步讨论此事。

在此期间，我向钟先生推荐并作了增补的《知堂杂诗抄》书稿也已编竣，这可由我写的《知堂杂诗抄·外编后记》落款"一九八六年夏于上海"为证，时间上完全吻合。记得黄先生知道此事，很高兴。一次拜访他时，他从书架上抽出一册知堂著《过去的生命》1933年11月北新书局三版本给我，说："你弄的《知堂杂诗抄》是旧诗，老人还写过新诗，我有好几本，这本就送你。"这册《过去的生命》前环衬上有黄先生的钢笔题字："鼎昌　一九四二年五月卅日"，"文革"中被抄没，封面、前环衬和扉页上钤了三方"文汇报藏书"钢印，改革开放后才发还。

8月7日日记中所记的另一事，指1986年春法国汉学家于儒伯在巴黎主办中国抗战文学研讨会，与会的孔罗荪、刘白羽等内地作家与香港学者梁锡华就抗战初期梁实秋提出的所谓"与抗战无关论"如何评价发生争论，在港台和海外文坛引起较大反响。孔罗荪先生是文艺评论家，当年就是批判梁实秋的主将之一，后长期担任上海作协书记。1976年2月以后，我作为后辈曾与他在上海师大中文系共事过一段时期，多次一同挤公交，聊天。"四人帮"倒台后，他调回上海作协，1978年4月调往北京文艺报社。但我那时孤陋寡闻，还不知道历史上曾有过这场争论，也就失去了就此事向他请教的机会。黄先生应该认识孔先生，所以，我当时把巴黎研讨会的消息报告黄先生。而柯灵先生"近撰一文"则指他1986年7月11日完成的长文《回首灯火阑珊处——〈中国现代文学序跋丛书——散文卷〉引言》，文中对如何"撇开政治、历史和心理因素"，"完整地理解"梁实秋关于抗战文学的那段有名的话提出了新的看法。

1986年

9月15日："去四马路旧书店看书，……遇陈子善君。他买到我一册《新北京》，为签名于册首。又得转来钟叔河一信，商编知堂集外文事，坚请撰序。"

这次在福州路上海旧书店见到黄先生，真是巧遇。更巧的是，我刚买到他的散文集《新北京》，1951年1月上海出版公司再版本，列为"散文新辑"之一，售价0.40元。此册是图书馆的剔旧书，书品一般，但机不可失，当场请黄先生签名，他在前环衬大笔一挥："为子善同志题　黄裳　一九八六，九，十五"。记忆中黄先生那天没有买书，他是大藏家，虽然兴致不减当年，独自逛旧书店，但今非昔比，一般的新旧书刊自然不入他的法眼。

当天日记中还记下一件重要的事，即我转呈黄先生一通钟先生的信，钟先生"坚请"黄先生为正在编辑的《知堂集外文》作序。

9月21日："得陈子善信，嘱转函俞平老提供知堂为其诗所作跋文。发俞平伯、陈子善信。"

9月27日："得俞平老信，告五十自叹稿及知堂跋已佚。"

我不知从哪里得知俞平伯先生藏有知堂为他的"五十自叹稿"所作跋文，于是央请黄先生代为设法，黄先生即致函俞老询问。虽然结果令人失望（《俞平伯全集》也只收录了他的《六十自嗟》八首），黄先生对我有求必应，至今令我感铭。

10月21日："得陈子善信，附来钟叔河请问知堂诗钞疑误诸字，尽所知复之。"

10月22日："得陈子善信，即复之。"

此两段日记应都与《知堂杂诗抄》书稿有关。钟叔河先生收到我寄去的《知堂杂诗抄》书稿,审稿时发现"疑误诸字",嘱我转信向黄先生请教,黄先生"尽所知"作了答复。《知堂杂诗抄》1987年1月由岳麓书社出版。

1987年

1月14日:"得陈子善信,欲照周作人书迹,系钟叔河信中所要求者。"

1月20日:"寄陈子善信。"

3月1日:"下午陈子善来,坐谈良久。见钟叔河信。他送来知堂集外文编49年以后剪贴稿约50万字,将尽力读毕之。"

3月2日:"整日读知堂小文,并作札记,校改错字。文章实在写得不坏,是上等的小品也。"

3月8日:"整日读知堂文,大致完工,计共用七天。"

这五段日记,继续围绕《知堂集外文》而展开。我把1949年以后的《知堂集外文》第一种书稿(即《〈亦报〉随笔》)送请黄先生审阅,黄先生用了一周时间读完书稿,认为是"上等的小品"。他还做了札记,因向钟先生推辞不获,开始为写序做准备。遗憾的是,黄先生最后仍未能命笔成文。拙编《知堂集外文·〈亦报〉随笔》1988年1月由岳麓书社初版,书前只有钟叔河先生一篇序。同年8月,《知堂集外文·四九年以后》由岳麓书社出版,书前仍只有钟先生一篇序。

3月10日:"傍晚陈子善来,携来知堂文数篇。以《过去的足迹》一册赠之,并请代复印两篇杂文。"

《过去的足迹》是黄先生的散文自选集,1984年8月人民文学出版社出版。送我的这本前环衬题字:"赠子善兄 黄裳 一九八七,三月",黄先生为何时隔三年才送我此书?原来这是一册毛边本,印数一定甚少,黄先生大概刚刚检出。这是黄先生送我的第一本毛边本,也是我所获赠的现代作家的第一本毛边本。

3月26日:"下午陈子善来,送来周作人《鲁迅在东京》稿一册,又佚文数篇,其中游云冈记及属(署)名'十三'两文皆非周氏所著也。"

6月10日:"陈子善来访,带来张铁荣赠《周作人研究资料》二册。"

在3月26日之前,我一定还拜访过黄先生,因为他在聊天时谈起藏有知堂《鲁迅在东京》手稿,我即向他借阅。3月26日这天是去归还。知堂这部手稿共三十五篇,最初连载于1951年5月9日至6月12日上海《亦报》(署名十山)。后编入1953年3月上海出版公司初版《鲁迅的故家》(署名周遐寿)。据上海出版公司负责人刘哲民先生回忆,1950年代初,"周作人为上海出版公司写了三本书,预先谈好,出版后都要退还原稿的。"① 但事实上并未办到。这三部书中,《鲁迅小说里的人物》一书手稿由康嗣群和师陀先生平分,而译著《希腊女诗人萨波》手稿也归了师陀先生,后由夏志清先生收藏。那么,黄先生所藏《鲁迅的故家·鲁迅在东京》手稿应也得之于刘哲民先生,记忆中这部手稿线装一册,保存完好,令人惊艳。黄先生后来把这部手稿付拍,现在不知归何人所有了。

张菊香、张铁荣先生合编《周作人研究资料》(上下)1986年11月由天津人民出版社初版,列为中国社会科学院文学研究所主编的"中国现代文学史资料汇编(乙种)"之一。我1987年4月收到编者赠书,编者送给黄先生的这套应是同时寄给我的。

1988年

3月24日:"傍晚陈子善来,畅谈知堂书编辑近况,又说编梁实秋、台静农集种种。"

这一年3月,1949年以后的《知堂集外文》第二种《四九年以后》已经发稿,同年8月岳麓书社出版。所以3月24日访黄先生时,"畅谈知堂书编辑近况"。而在编辑《知堂集外文》工作暂告一段落之后,我又起意编注《梁实秋文学回忆录》和

---

① 刘哲民:《我和周作人交往点滴》,陈子善编:《闲话周作人》,杭州:浙江文艺出版社,1996年,第143页。

编选《台静农散文选》(1947—1989),黄先生听我介绍后,都给予了点拨和鼓励,后来我还专门写了《台静农散文》一文推介,认为台静农晚年散文"文字是淡淡的,没有豪言壮语,也没有披着华丽的外衣,可是像一把吸饱了水的毛巾似的,随手披拂都是浓郁的感情的流溢。这是一种很难达到的境界"。

黄裳先生日记摘录到1988年3月告一段落,我的回忆也到此为止。当然,到了1990年代,到了21世纪,我还多次拜访黄先生请益。但从黄先生1980年代的这些日记,或已能清晰地表达他老人家对我的关爱和帮助。我那时的郁达夫研究、周作人研究、台静农研究等学术工作,都不同程度地得到他的肯定和支持,这不但可以他十年以后为拙著《生命的记忆》所写的序为证,也可以1980年代这些三言两语的日记为证。而从这些片段日记中,至少还有两点值得一说:

一、黄裳先生晚年常被友人以"沉默的墙"相拟,访客往往与他"相对枯坐,'恰如一段呆木头'"(黄裳:《跋永玉书一通》)。但以我与黄先生上述交往的亲身经历,或可证明至少在1980年代,只要话题投契,他也会打开话匣子,也会兴致勃勃地聊天,甚至谈到高兴处,还会情不自禁地开怀大笑。

二、从黄裳先生这些日记,又可从一个小小的侧面看到像他这样的前辈作家,在1980年代的所思所想及所感兴趣的事。近年来许多文坛朋友怀念1980年代,有一个重要方面也许被有意无意地忽视了。在我个人记忆里,像黄裳先生这样的前辈作家在 1980 年代也经历了一个思想不断解放、创作重焕青春的过程。由于他们的存在，由于他们仍未放下手中的笔，1980 年代才显得更加难得、更加丰富多彩。因此，回顾 1980 年代，评价 1980 年代的文学，如果忽略或低估黄裳先生等一大批前辈作家的努力和贡献，那是极不完整的，也是难以想象的。

2019 年"五四"百年纪念后第三天于海上梅川书舍

（原载 2019 年 6 月齐鲁书社初版《榆下夕拾》）

记忆中的钱谷融先生

写回忆文坛前辈的文章,越是熟悉的,越不容易写。因为经常见面,千头万绪,不知从何说起。现在提笔追怀我敬重的钱谷融先生,就碰到了这个难题。只能就记忆所及略写数则片段,不能报先生多年来指点教诲之恩于万一也。

一

跟随钱先生从事中国现代文学教研工作那么多年,先生的著作,我几乎每种都有,绝大部分都是他老人家馈赠的。他的第一本书,最薄的一本书,然而也是影响最为深远的一本书,即《论"文学是人学"》(1981年10月人民文学出版社初版),

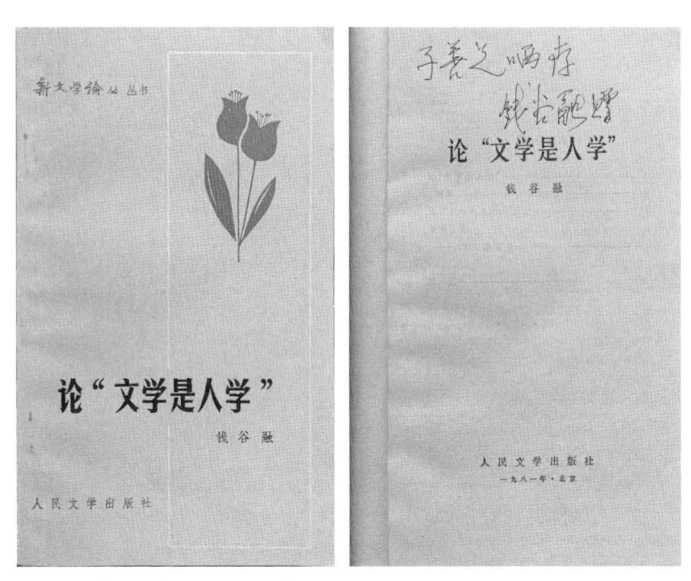

《论"文学是人学"》封面及扉页

却是我自己买的。正因为书太薄，隐在书堆之中，一时找不到，直到2002年迁入新居，大搬家，方始检出。于是赶快去请先生补签，先生坐在书桌前，大笔一挥："子善兄哂存　钱谷融赠"。

先生题赠我书，最先称"同志"，后来改成"仁棣""弟"，或者直接就写"子善"，但这次称"兄"了。我不胜惶恐，马上提出"抗议"：我是学生，万万不可。先生笑道：你不是我学生啊，是同事。我当然明白，在先生心目中，改革开放前上过课的，改革开放后正式招收的硕士和博士，才是"学生"。但我1975年在上海师范大学中文系培训班求学时，就听过先生开的课呢。那时先生讲毕，同学中有思想激进者，就嚷嚷要批判先生的资产阶级文艺思想。他们根本不知道，即便真的是资产阶级文艺思想，不也有进步的一面么？

先生本来是想招我为硕士生的。1979年他首次招收中国现代文学专业硕士生，是与许杰先生合招的。当时他已当了整整三十八年讲师，次年才"破格"提升为教授。我得知消息，就去对先生说，我要报考。先生沉吟半响，说：侬现在已在大学教书，不是很好吗？有许多人报考，把机会留给他们吧。先生既已吩咐，我就没有报名。第一届硕士生入学后，第一学年我是许杰先生和钱先生的"助教"，也一起听课。

四年之后，形势变了，越来越讲究学历了。一次去看先生，先生又说了：子善，侬已有不少成绩，但看来侬还是得读个学位。为此，先生专门申请了一个"在职硕士生"招生名

三人合影，前排左钱谷融先生，右许杰先生，后排陈子善。

额，连我在内，仅两人报名。考试的结果，却让我自己都不敢相信，英文和政治两门竟然都没过线！英文未能过线，勉强还可找出理由，政治没有过线，至今没想明白。我可是写满试卷，坚决拥护改革开放的。马上去见先生，先生的答复是，一门不及格，可申请破格；二门不及格，就无法可想了。我知道自己让先生大大失望了，一直深以为咎。先生从此也不再提及此事。

先生不轻易表扬我，记忆中只有二三次对我的习作有所赞许。那年华东师范大学中文系现代文学教研室编一本教学参考书《中国现代文学作品选讲》，分配我写戴望舒的《雨巷》赏析，用今天的话讲，属于文本细读的范畴，我搜索枯肠，拖到最后一个才硬着头皮交稿。书于1988年由华东师大出版社出版，一天去看先生，先生说：侬分析《雨巷》这篇写得不错，方知先生已经读过，心中一块石头也落了地。还有一次是2004年6月，我编选出版了一本中国现当代作家散文集《猫啊，猫》，先生在《文汇报·笔会》上读到了我的编者序言，见面时大加称赞，使我有点难为情。顺便披露一下，先生也一度养过猫。其实，先生知道我的兴趣所在，知道我走考据这一路，但从不批评，反而以欣赏的眼光加以关注，必要时才予以点拨。先生与孔子同一天生日，深谙"因材施教"之道，对门下的硕士博士生是如此，对我同样也是如此。

二

"中国新文学社团、流派丛书"是钱先生亲自主持编选的一套大型新文学资料和研究丛书。从第一种《新文学的先驱：〈新青年〉〈新潮〉及其他作品选》于1985年10月出版始，到最后一种《花一般的罪恶：狮吼社作品、评论资料选》于2002年2月出版后止，断断续续，前后历时十七年之久，总共出版了十五种。包括《新青年》和新潮社、文学研究会、莽原社、未名社、新月派、京派、中国诗歌会和九叶诗派等重要社团流派的作品选和评论资料选，还有一种陈永志先生的论著《灵魂溶于文学的一群：论浅草社、沉钟社》。就出版时间之早、规模之大，在中国现代文学社团流派研究史上可谓继往开来，留下了极为浓重的一笔。

先生于1984年10月20日为这套丛书写了序。序文提纲挈领，不但揭示了对新文学"各种流派现象深入分析"的必要性，阐明了研究社团流派对于"较为清晰地梳理出新文学的真实的发展线索"的重要意义，而且强调指出：

> 今天的许多研究者都看得很清楚，现代文学领域里还有许多块沉睡的处女地，有人甚至指出，就是对整个一段文学历史的评价也有不少偏颇粗疏的地方。这当中的一个重要原因，是否也在于我们对现代文学的丰富内容还缺乏充分的了解呢？就

像画一张地形图,倘连许多具体的数据都掌握不全,那又怎么能画得准确?当然,造成这种现象是有许多历史原因的,在过去的年代里,不断泛滥的极左思潮根本就不允许尊重事实。但是,在实事求是的旗帜重新飘扬,一切从实际出发的路碑重新竖起的今天,我们是不是也应该赶紧研开干涸的墨笔,把新文学的历史风貌图补充完全呢?当那种肆意删消和篡改史实的作风遭到严厉谴责的时候,难道不正应该尽快让事实站出来作证吗?①

先生这段话说得真好,四十年后的今天读来,仍具有现实意义,仍不失启迪。而且这段话于我而言,更极为重要,因为它同时也是我四十年来研究工作的一个指南,也是对我工作的一种期待和肯定。后来先生又主持"世纪的回响"丛书,我提出编选新月派评论家叶公超的《叶公超批评文集》(1998年10月珠海出版社出版),得到先生首肯,也正是延续了这一思路。

先生这篇序以《梳理新文学的真实发展线索——〈中国新文学社团、流派丛书〉序》为题刊于《中国现代文学研究丛刊》1985年第4期,后来均冠于丛书每辑之首。奇怪的是,却未能收入先生的各种文集,包括搜集较为齐全的四卷本《钱谷融文集》(2013年11月上海人民出版社出版),成了先生的集

---

① 钱谷融:《〈中国新文学社团、流派丛书〉序》,陈永志:《灵魂溶于文学的一群——论浅草社、沉钟社》,上海:华东师范大学出版社,1995年,第2—3页。

外文。以后再编先生的新文集，这篇序不能再遗漏了。

这套丛书还有一件事必须提到。丛书的编者除了在上海外国语大学任教的陈永志先生，绝大部分是华东师大中文系现代文学教研室同仁。我当时并未直接参与丛书的编选，但承蒙先生信任，具体负责与编者和出版社的联络工作，因此常去拜见先生，汇报丛书进度。一次我斗胆向先生提出，能否编一本当时鲜为人知的狮吼社的作品选，可请对狮吼社有所研究的上海图书馆张伟兄来担任，《中国现代文学社团流派辞典》（范泉主编，1993 年 6 月上海书店出版社初版）中的狮吼社这一条就是张伟兄撰写的。先生马上同意了。张伟兄得知消息，大为兴奋，立即全力以赴，初选目录也是由我交先生审定的。张伟兄的书稿于 1996 年 10 月交出，六年之后才得以付梓，成为这套丛书的最后一种。先生翻阅新书，再次表示编得不错，肯定此书在中国现代文学社团流派研究方面填补空白的价值。

三

1990 年秋，浙江大学成立现代诗学研究室并创刊《现代诗学》，先生为之写了《文学作品都应该是诗》以为贺，刊同年 12 月《现代诗学》（卷一）"名家笔谈"首篇。先生在文中表示：

我一向认为一切文学作品都应该是诗，都应该有诗的意味。诗，在中国的传统观念中，是与个人情志紧密联系在一起的。……一切发自内心深处，直接从肺腑间流泻出来的都是诗，都有诗的意味。不但李白、杜甫的诗篇是诗，莎士比亚、契诃夫的戏剧也是诗，曹雪芹的《红楼梦》、托尔斯泰的《战争与和平》、兰姆的《伊里亚随笔》、鲁迅的《朝花夕拾》等等都是诗。研究文学决不可以忘记文学作品的本质是诗。但近年来，在我们的研究工作中，在对文学作品的分析评价中，这一点却常常有被忽视的迹象。①

在我看来，先生提出"一切文学作品都应该是诗"之说，是经过深思熟虑的，是对他先前提出的"文学是人学"说的拓展和深化。后来先生在2010年"经典与当代：纪念曹禺先生百年诞辰研讨会"上发言，认为曹禺是"诗人"，曹禺成功的剧作"没有说教"，与这个观点是一脉相承的。我协助先生主编十卷本《中国现代散文精品文库》（1995年3月中国社会科学出版社初版）、参与先生主编的高等学校文科教材《中国现当代文学作品选》（上下）（1999年10—12月华东师范大学出版社初版），都能真切地感受到先生对自己这一主张的贯彻。他坚持何其芳散文入选《画梦录》中的《墓》，首次入选吴组缃的小说《菉竹山房》，选汪曾祺小说舍《受戒》而中意《大淖纪事》，以及他在《中华现代文选》（1985年8月上海教育出版

---

① 钱谷融：《文学作品都应该是诗》，《散淡人生》，上海：上海教育出版社，2001年，第154页。

社出版）中首次入选张爱玲的《花凋》，等等，都显示出他的慧眼独具，体现了他的与众不同的文学品味。

《文学作品都应该是诗》一文手稿共五页，并非一气呵成。先生反复推敲，多处修改。且举一例，上述"都有诗的意味"和"不但李白、杜甫的诗篇是诗"之间，原来还有一段："诗，虽然必须是个人情致的表现，不能不打上作者个人的印记。但个人的一切，都与时代、社会有关，因此，诗，文学作品，又必然是要反映社会的风貌，体现时代的特色。"但最后，先生把这段话删去了，可见先生之慎重，也耐人寻味。三年前，一次与上海图书馆中国文化名人手稿馆负责人闲聊，始知该馆还未入藏一份先生手稿，这是件多么令人遗憾的事，先生可是2014年第六届"上海文学艺术奖"终身成就奖获得者啊。于是，我把这份手稿捐赠上海图书馆，自以为是对先生的一个有意义的纪念。

四

1990年中期，承校方开恩，我分得华东师大二村8号底层中的一间小房，距先生89号寓所仅隔一条林荫小道。从钱先生楼上餐厅朝北窗户朝下望，就可见到我的房间。这样，我就更可随时向先生请安了。先生傍晚从附近长风公园散步归来，到我窗外叫一声"子善"，我也可马上出来陪先生聊上几句。但先生细心，知道我住在四户杂居、煤卫公用的一个单元里，很局促,从来不进单元找我。

一次先生电召,几分钟后,我就坐在他的书房里了。原来,主持《上海文学》编务的周介人先生致电先生,请教1940年代上海文坛有无一位名叫余虹的"女作家"。先生说:我不知道有这么一个人。侬弄文学史料,今天考考你,知道这个余虹吗?我想了半天,只能如实报告先生:我也不知道。当然,不知道不等于没有,能否请周先生提供更多的线索,以便查考。先生笑道:今天寻侬,这事还真的与侬有关。先生告诉我,周先生收到一篇投稿小说,作者已有文名,小说写的就是我们都不知道的这位"女作家"余虹。文中还出现了吴福辉兄和我的名字,写我俩帮助作者"寻找""女作家"余虹云云。所以,周先生向钱先生求证。我这才明白"女作家"余虹是这位小说作者的虚构,难怪先生不知道而"考"我,我也不可能知道。这篇题为《近年余虹研究》的小说因为写进了两个真人的名字,假假真真,周介人先生担心惹出麻烦,最后退了稿。小说后刊于云南《大家》1995年第2期。吴福辉兄得知先生此次又"考"我,用上海话说:钱先生介有趣。

一连很多年,先生每周有好几个下午要下棋,下象棋。对手大都是殷国明兄,殷兄忙时,他指导的博士生也会替代。师生下棋,互不相让,煞是好玩。我也常去,但只观战,从不参战。先生好几次问,侬要不也来一盘?我的水平差到没有水平,绝不敢丢丑。不过,有一次,先生战局告急,忍不住从旁出了个主意,先生扬起头:噢,侬还是会下的。殷兄忍不住偷笑。后来，先生对我定下新规矩：你来，有事先谈事，没事就观棋，不想看了随时可以走，茶水自便，来去自由。

不消说，如先生一人在家，我去，他定要自己或吩咐保姆上茶。更早些，杨先生身体好时，有时是她倒茶。当然，我决不会让先生倒，保姆不在，我就自己倒茶。再后来，就自己冲咖啡。这种时候，师生对座，清茶或浓咖一杯，随意聊天，在我正是受教的大好时机。问起华东师大中文系的旧人旧事，先生总是有问必答，侃侃而谈，许多是我闻所未闻，也远远想不到的。先生回忆当年与老师伍叔傥随意闲谈，"谈话都是即兴式的，想到那里，就说到那里，并没有一定的目的和范围。既有谈论诗文的，也有臧否人物的，天南地北，海阔天空，全凭一时的意，纵意所如，真是其乐无穷。"[①] 这种情形得以在先生与我之间再现，也真是幸何如之。

五

伍叔傥（1897—1968）是先生在重庆中央大学师范学院国文系求学时的老师，师生关系密切。先生晚年曾接连撰写《我的老师伍叔傥先生》《我的大学时代》等文，深切怀念这位他极为敬重的师长。先生坦言，伍叔傥"是我一生中给我影响最

[①] 钱谷融：《〈伍叔傥集〉序》，方韵毅、沈迦编校：《伍叔傥集》，合肥：黄山书社，2011年，第2页。

大的一个人",尤其伍叔傥的"潇洒的风度,豁达的襟怀,淡于名利、不屑与人争胜的飘然不群的气貌却使我无限心醉。我别的没有学到,独独对他的懒散,对于他的随随便便,不以世务经心的无所作为的态度,却深印脑海,刻骨铭心"①。先生这话毫不夸张,是发自肺腑的真实之言,不妨举例说明。

先生从不想当"官",哪怕是当"学术官"。华东师大建校之初,就有聘请先生出任校图书馆馆长之议,先生婉拒了。王瑶先生是中国现代文学研究会创会会长。1987年10月,现代文学研究会在成都举行的第四届年会上选举先生为副会长,这当然是众望所归,但先生不愿担任。据说王瑶先生最后说:你不当,那我也不当了,先生才勉为其难应下。

两年后,王瑶先生在苏州参加四届第二次理事会后来沪,不幸病逝。1990年11月,现代文学研究会第五届年会在杭州召开,我跟随先生参加,这也是我首次参加中国现代文学研究会年会。会议期间,一位学会副会长找到我,对我说:这次年会要产生新会长,论资历论成就,钱先生和田仲济先生等学界前辈都能当,但学会设在北京,如会长在京,更利于开展工作。他委托我把这层意思婉言转达先生。我吃了一惊,马上向他表示:我是后辈,又首次参会,实不宜转达这样重要的话。但以我对先生的了解,如您直接面告先生,交流看法,应无问

---

① 钱谷融:《我的老师伍叔傥先生》,《散淡人生》,上海:上海教育出版社,2001年,第92、94页。

题。后来他是否与先生谈了，我不知道。但最后的结果，严家炎先生荣任学会新会长。严先生很尊重先生，先生也一直与严先生和这位副会长合作无间。

浙江瑞安是伍叔傥的故乡，瑞安现属温州市。因此，自新世纪初起，我的友人沈迦兄和方韶毅兄就起意合作，为"温州文献丛书"编订《伍叔傥集》，经过数年海内外锐意穷搜，终于大功告成。他们知道先生是伍叔傥的高足，拟向先生求序。于是我陪同沈兄拜访先生，先生一口答应。当时先生已届鲐背之年，仍欣然命笔，于2010年9月10日完成了这篇感人的序。先生在序中首次透露，他大学毕业到交通大学任教，正是伍叔傥的大力举荐，并再一次在文中表示："多少年来我一直生活在对他的思慕中。"[1] 这篇序先刊于我主编的《现代中文学刊》2010年第5期，我为能够刊发先生晚年新作而感到荣幸。一年之后，《伍叔傥集》问世，仍然是9月10日，沈兄、方兄和另一位温州地方文献专家卢礼阳兄专程来沪向先生恭呈样书，仍然是我陪同。先生拿到这部厚重的诗文集，欣喜之情溢于言表，比他自己出了新书还要高兴。

伍叔傥以擅长旧诗闻名于古典文学教育界，他的旧体诗集《暮远楼自选诗》在他逝世后的第二年，即1968年11月由香港中文大学崇基学院华国学会印行线装本，这个初版本我一直没

---

[1] 钱谷融：《〈伍叔傥集〉序》，《伍叔傥集》，合肥：黄山书社，2011年，第4页。

1991年5月27日,陈子善、钱谷融、徐中玉和×××合摄于纪念刘半农百岁研讨会后。

有找到。但我后来在台北得到了学海出版社十年后出版的港版影印本,带回二本,一本奉赠先生,先生很开心。为写此文,我找出这本小册,先生当年翻阅时的专注情景还历历如在眼前。且从中抄录一首《读〈世说新语〉》,因先生对《世说新语》也情有独钟,终生喜爱:

魏末盛风流,嵇阮为之唱。心谓竹林游,殆已齐得丧。过江益相扇,片言见微尚。王刘最标奇,赏玩令神畅。不有临川王,胜谭将安仰。静夜观古今,我情乐闲旷。弥觉昔贤高,龌龊实无状。安得千载上,相与共揖让。①

六

钱先生对华东师大中文系比他年长的许杰、施蛰存、徐中玉诸位教授都很尊敬。在我当许杰老师助手期间,先生数次提醒我,要多向许先生请教,不要错过这个难得的机会。钱先生与徐先生同任《文艺理论研究》主编,但先生不参与具体的编辑工作,只推荐他认为好的应该发表的文稿,不消说,先生推荐的,徐先生照发不误。先生晚年又经常与徐先生联袂出席各种学术和文化活动,都能互相很好"配合"。我不止一次亲眼

---

① 伍俶:《读〈世说新语〉》,《暮远楼自选诗》,台北:学海出版社,1978年,第25页。又见《伍叔傥集》,第68—69页。

见到，在徐先生讲话之后，轮到先生发言，已经快到午餐时间了，先生就说：徐先生讲得很全面，很深刻，我都赞成，没有什么要补充了。于是会议顺利结束，皆大欢喜。

先生特别推重施蛰存先生。他于1957年3月发表著名的《论"文学是人学"》的华东师大学术报告会，主持人就是施先生，这是先生亲口告诉我的。后来他主编《中华现代文选》，入选施先生的短篇《名片》，这又是独特的学术眼光。施先生晚年，我成了两位前辈之间的"信使"，把施先生的近况报告给先生，又把先生的近况告诉施先生，因我在先后担任华东师大中文系资料室主任和图书馆副馆长期间，几乎每周都要去见施先生，问施先生有什么事要交办。2002年秋，先生说很久没见施先生了，很想念，拟去拜访。于是由我陪同，在一个晴朗的下午到了施寓。由于施先生重听，无法电话预约，我们是不速之客。当我陪先生进入施先生二楼那间书房兼会客室兼卧室兼饭厅的朝南房间时，施先生正使用放大镜在看报。见到先生突然来到，施先生似很高兴。两位老人家当时具体谈了些什么，我已不复记忆。幸好，先生在2003年端午节写的《施蛰存先生》一文中留下了这次见面时的情景：

去年，有一天下午，我和陈子善兄同去看他，见一人木然地坐在方桌旁，意兴寥落，毫无昔日神采。且耳朵聋得厉害，无法对话，只能进行笔谈。我尽量用过去一些共同经历的琐事来引起他的兴趣，但他似乎虽然很能理解我的用心，却总还是唤不回往日的热情。我和子善坐了片刻，不得不站起来告辞，心头不禁有些凄然。①

　　先生的"凄然"，我还能清楚地记得。告辞出来，站在施寓弄堂口，我正要扬招出租，先生提出他要自己走一走，让我乘公交车先回家。这完全出乎我的意料，马上表示不行。但先生执意不肯，无奈只能听从。回到家后不放心，致电先生寓所，得知先生也已平安回寓，一颗悬着的心才放了下来。这应该是先生与施先生的最后一次见面。

　　先生晚年，虽有众多学生陪侍左右，但我觉得先生还是寂寞的。先生能谈得来的学界同道，除了本校这几位前辈，还有北京王瑶先生、西安霍松林先生、南京程千帆先生、广州吴宏聪先生、上海贾植芳先生和王元化先生……先生与他们的年龄相差最多不超过十岁，都是同代人，有大致相同或相似的坎坷人生遭遇，在学术上也常交流切磋或密切合作，每次见面都有说不完的话题。我就有幸多次亲历先生与南北二王、贾、吴诸位前辈的聊天。1990年代初程千帆先生书赠先生的旧体诗，先生还专门给我看过。而他们先后在先生之前远行，先生能不伤感吗？有时与我谈及，总感慨不已。人们都知道先生爱读《世说新语》，案头常备书就是《世说新语》，但为什么爱读？魏晋

---

① 钱谷融：《施蛰存先生》，《钱谷融谈文学》，上海：华东师范大学出版社，2008年，第390—391页。

名士重友情，恐怕是其中一个十分重要的原因吧？"旧朋云散尽，余亦等轻尘"（鲁迅《哭范爱农》句），读先生忆念王瑶、王元化等先生的真情文字，我就深深感受到了这一点。

七

在先生的客厅兼书房里，长期悬挂着王元化先生手书的一副对联："收百世阙文，采千载遗韵"，中间则挂着俞云阶先生画的先生油画像，真可谓中西合璧。对联是晋陆机名文《文赋》中的句子，元化先生用来形容老友的文采风流，自然再贴切不过。记得对联刚挂出，我就见到了，与先生谈及，先生明确表示，他喜欢元化先生的字。

先生自己不常写字，不像他的老领导许杰先生晚年经常挥毫。我只见过他的一条横幅："文学是人学"，写得很有气势。还有复旦大学中文系的唐金海兄举办书法展览，请先生题写了书法集的书名。而且，我为学生编的一本书，也请先生题了签。

我的首届硕士生周伟红是南社首批会员朱梁任（1873—1932）的外曾孙女，她花了很大工夫，编成了一本搜罗颇为齐全的《朱梁任纪念文集》，列入"中华南社文化书系"出版，拟请先生题签以光篇幅，托我设法。我告诉她，先生已经九十五岁高龄，能不能写，我不敢说，你自己对他说吧。于是，我带她在一个下午拜访先生。先生正在卧室观看电视，记得是京剧（或昆曲）演出。先生平时喜听评弹，喜看京昆，这是江南一带老一辈知识分子的雅好。我俩进室，先生就关了电视，与我们聊起天来。这天他精神很好，知道了伟红的来意，马上应允：好，现在就写。他老人家起身到对面餐厅的饭桌旁，我帮着铺开纸，他执笔蘸墨，一挥而就，笔力酣畅。伟红千恩万谢，满载而去。

可惜由于整套丛书统一规格，先生的题签未能放在封面上，而改放在扉页上，读者如不打开书阅读，不会知道为这本书题签的是令人景仰的钱谷融先生。《朱梁任纪念文集》2014年9月由团结出版社出版，我不知道先生一共题过几个签，但这应该是先生所题的最后一部书名了。还应补充的是，这本书的序是我写的，这也是我们师生三代第一次也是最后一次别有意义的合作。

大概自1990年代末起，每年农历大年初一上午，我都要到先生家拜年。先到先生家，再去近在咫尺的徐中玉先生家。中文系齐森华、陈晓芬、谭帆等位从事中国古典文学研究的同仁则先去徐先生家，再到先生家。我们每年都会在先生家会合，谈天说地一阵，再各奔东西，这似乎形成了一个不成文的雷打不动的规矩，而先生也每年都兴致勃勃，与我们这些后辈欢谈。

不料，2017年春节，我因感冒发烧，无法出门，只能致电先生拜年。该年9月28日，先生就飘然远行了。这天正是先生虚岁一百岁的生日，下午在华山医院的情景，我至今记得一清二楚。我和万燕、倪文尖等先生的高足先后来到华山病房向先

钱谷融先生2011年9月10日与陈子善的合影。

生恭祝百年大寿，先生却已在输氧，在与病魔搏斗。傍晚时分，我们悄然离开。我给先生拉上了窗帘，让先生能好好入睡。不料晚饭后就接到电话，先生于当晚九时零八分逝世，走得安稳。他老人家这一睡，与我们永别了。我与先生的公子钱震来兄同岁。10月1日在万分悲痛中拟了这样一副挽联："不算导师更是导师，不是父亲胜似父亲"，不计工拙，只为聊以表达我的深切哀思。

我不才，先生生前我只对他的《散淡人生》一书出版发表过一点感想①，而今又只能写下这些点点滴滴的往事，零零碎碎的回忆。然而，先生的道德文章，先生的智者风度，先生的散淡人生，先生提出的"文学是人学"在中国文艺理论史和文学史上的重大价值，先生的鲁迅研究、曹禺研究等对中国现代文学史研究的重要贡献，早就已有而且还会继续有一代又一代的研究者进行探讨，对此我深信不疑。

甲辰正月初三于海上梅川书舍，今年是钱谷融先生诞辰105周年。

---

① 参见陈子善等：《散淡：葆真、守诚、唯美——钱谷融和他的〈散淡人生〉座谈纪要》，曾利文等编：《钱谷融研究资料选》，上海：华东师范大学出版社，2008年，第208—210页。又见陈子善：《片断的怀念》，《传记文学》2017年11月号。

张爱玲《书不尽言》中的我

一

三十四年前,当我把"梁京"也即张爱玲的中篇小说《小艾》影印件寄给《明报月刊》(以下简称《明月》)编辑黄俊东先生时,万万没想到《小艾》的重刊会在港台引起那么大的反响。随着《书不尽言:张爱玲往来书信集2》(2020年9月台北《皇冠》文化出版公司初版)的问世,当时张、宋之间关于《小艾》重刊的来往通信终于完整地浮出水面。

《小艾》的发现纯属偶然。我为了搜集周作人集外文而去查阅1950年代初的上海《亦报》,先见到"梁京"《十八春》(即后来张爱玲自己改定的《半生缘》)的连载,接着就见到连载的《小艾》，不禁大为惊讶，张爱玲竟然还写了这么一部中篇，我们以前一无所知。1986年11月，我把《小艾》影印本寄给黄俊东先生。黄先生是现代文学书话家，他编过张爱玲的《张看》，还与张爱玲通过信。他对张爱玲并不陌生，因此马上回信嘱我撰一评论，与《小艾》一起在《明月》次年元月特大号刊出。我当然遵命，急就《张爱玲创作中篇小说〈小艾〉的背景》一文寄去。《小艾》在香港和台湾同时发表，系《明月》联系决定，我当然也无意见。

1986年12月27日，《明月》1987年元月特大号与台湾《联合报》副刊同时刊出《小艾》（后者是连载）。1987年1月5日，宋淇先生致信张爱玲说：

兹附上《明报月刊》一月份特大号刊出你在《十八春》（疑脱漏"之后"两字）的连载小说《小艾》，信内一位大学讲师的文章说得很清楚。麻烦的是台湾《联合报》副刊于十二月廿七日开始连载……大陆方面的态度在陈子善一文中看得很清楚。我想你站在原作者的立场应该说几句话：现在《明月》和《联副》已将全文刊出，等于泼出去的水，收是收不回来了，文章当然越短越好，话说得越多，越会引起不必要的议论，文中也不必提陈子善一文，否则正中他们的计谋，当作没有这回事好了。

宋淇信中所说的"一位大学讲师"即指我。他及时向张爱玲通报《小艾》在港台重刊，并建议张爱玲对这部小说略作解释。但他认为拙文代表"大陆方面的态度"，是有"计谋"的，显然误解了。拙文只表达我个人的意见，一个普通的内地中国现代文学史研究者的意见，可能有这样那样的不足，却无法代表"大陆方面"。宋淇后来一定知道了我是什么人，曾就"褐木庐"藏书票事写长信复我，对后学悉心指点，我一直感铭。1月22日，宋淇又写长信给张爱玲：

> 最近《小艾》在港、台同时刊登，因读者好久没有见到你的作品，不免造成轰动，为了这事，我时常接到询问的电话。经我慎重考虑后，不如将你近来发表的作品，汇集成书……我已将（《小艾》）全文和陈子善的《〈小艾〉的创作背景》一文挂号寄上。……《联副》将比较敏感的部分，尤其最后的三分之一，加以删除。现在《小艾》从一个吃尽苦头的女人，变成人见人爱的对象，非出单行本不可了。

1月23日，宋淇再次致信张爱玲，首句即说："希望你已收到我于十二月廿九日寄给你的《小艾》和陈子善介绍《小艾》的文章"（宋淇"十二月廿九日"的信未见，疑为笔误，应为"一月五日"）。到了2月2日，宋淇致张爱玲信中又告诉张：沈登恩"已将《明报月刊》陈子善一文交给《自由日报》发表。"此事我一直不知，三十四年后的今天读《书不尽言》方才明白。沈登恩是台湾出版家，曾长期主持远景出版公司，他后来与我成为朋友，但从未提起此事。

二

为了中篇《小艾》的重刊，宋淇在1987年1月5日至2月2日，接连给张爱玲写了长长短短四封信。但张爱玲因感冒等原因，迟至2月11日才简单作复，信中提到《小艾》只有一句话："收到信只拣 marked urgent（标记紧急）的一封搁在手提袋里，也带出带进好几天后才拆看，完全同意。"这封内容清楚的紧急的信到底指哪一封？已难查考，但张爱玲"完全同意"宋淇的处理方案，却也确切无疑。

到了2月19日，张爱玲才在第二封关于《小艾》的复信中正式表态：

我非常不喜欢《小艾》。桑弧说缺少故事性，说得很对。原来的故事是另一婢女（宠妾的）被奸污怀孕，被妾发现后毒打囚禁，生下孩子抚为己出，将她卖到妓院，不知所终。妾失宠后，儿子归王太太带大，但是他憎恨她，因为她对妾不记仇，还对她很好。王太太的婢女小艾比他小七八岁，同是苦闷郁结的青少年，她一度向他挑逗，但是两人也止于绕室追逐。她婚后很像美国畅销小说中的新移民一样努力想发财……

之所以抄录这一大段话，一因这是张爱玲对《小艾》的情节唯一的说明和补充，二因后来宋淇把这段话原封不动地移入他起草的《余韵》代序中，而且刊出的是张爱玲此信中这一部分的手迹，只不过把"桑弧"大名隐去，改为"友人"。以前读这篇代序，并未注意这个细节，这次重读，果然发现"友人"两字不是张爱玲的笔迹。

张爱玲在此信中还请宋淇代托皇冠编辑为她"删改"《小艾》"有碍部分"，并再次明确表示："出书的计划再妥善也没有，在这种情况下只能这样。书名就叫《余韵》。"由此可知，收入《小艾》的张爱玲散文、小说集《余韵》（1987年5月台北皇冠出版社初版）是宋淇代为编选并起书名，得到张爱玲的认可。张爱玲在1987年3月28日致宋淇夫妇信中还特意提到"还是想请Stephen代写一篇关于《小艾》的短文，不用给我看了，尽快发表。"但宋淇没有另写，只在《余韵》代序中作了简要的交代，不过他也强调此书中"最重要的是中篇小说《小艾》，也是促成出版《余韵》的主要动机之一。"确实，单就篇幅而言，《小艾》就占了《余韵》一半的篇幅。

《余韵》出书前，张宋通信中还有一次提到我。宋淇1987年3月31日致张爱玲信中对张爱玲笔名梁京的来历代作了一番分析（宋的分析已写入《余韵》代序，不赘）之后，又说：

《明报月刊》四月号转载了《亦报》上的反响，关于《十八春》和梁京的，其中有叔红两短文，陈子善说明叔红是桑弧的笔名，"叔"和"桑"用同一个子音"S"，"红"和"弧"用同一个子音"H"。

宋淇这里指的是拙作《〈亦报〉载评论张爱玲文章辑录小引》，我在文中透露当年撰写《推荐梁京的小说》和《与梁京谈〈十八春〉》两文的"叔红不是别人，正是著名导演桑弧"，这是柯灵和魏绍昌两位前辈当时向我证实的，而宋淇则从这两个名字"用同一个子音"进一步作了确认。这也导致张爱玲在5月2日回信中作出如下回应：

梁京笔名是桑弧代取的，没加解释。我想就是梁朝京城，有"西风残照，汉家陵阙"情调，指我的家庭背景。

原来，张爱玲有名的梁京笔名是桑弧代取的，我们以前一直不知道，这段话真太重要了。试想，如果《小艾》晚发现数年，乃至在张爱玲逝世之后才出土，这个秘密可能就成了永久的谜。因此，我应该为自己及时发现《小艾》而庆幸。

三

《小艾》事件之后，我按照研究现代作家的一贯思路，继续查找张爱玲集外文，竟然又屡有收获。在张爱玲中学圣玛利亚女校校刊《凤藻》和《国光》上，在1940年代上海《新中国报》《力报》《海报》《大公报》等报上，接连发现张爱玲中学时代的小说、散文、评论和正式登上文坛后的散佚作品，接连公之于世，以有利于张爱玲研究的拓展。当然，又惹得张爱玲不快，她于1991年4月14日致宋淇夫妇信中说：

陈子善想必就是发掘出我毕业那年的《凤藻》校刊的人。钱锺书不喜欢人发表他的少作，我简直感激他说这话。

这真是无可奈何。有必要指出的是，张爱玲所说的"钱锺书不喜欢人发表他的少作"，可能指我1989年发表的《埋没五十载的张爱玲"少作"》一文引用的钱锺书《〈人·兽·鬼〉和〈写在人生边上〉重印本序》中"发掘文墓"这些话。不过，我的发掘触发了张爱玲新的创作冲动，也不容置疑。

1990年《明月》7月号发表拙作《雏凤新声——新发现的张爱玲"少作"》，介绍张爱玲中学时期所作的影评《论卡通画之前途》和英文散文《牧羊者素描》《心愿》。还介绍了张爱玲高中毕业时所填的"一碗什锦豆瓣汤"问卷，台北《中国时报·人间》立即转载。张爱玲及时看到了，她在当年8月16日致宋淇夫妇信中作出明确反应：

《中国时报》转载校刊上我最讨厌的一篇英文作文，看都没有看就扔了。但是"爱憎表"上填的最喜欢爱德华八世，需要解释是因为辛波森夫人与我母亲同是离婚妇。

两篇英文散文中哪篇是张爱玲"最讨厌的",似难查考。重要的是,这是"爱憎表"这个篇名的首次出现。所谓"爱憎表",即张爱玲中学毕业时填写的那份对六个问题的答卷,因其中有"最喜欢"和"最恨"之类的问题,张爱玲称之为"爱憎表",十分形象。很可能她那时就起意写《爱憎表》,对所填的这份表格作个必要而形象的说明,也再一次回顾自己的青少年时代。因此,她在10月21日致宋淇夫妇信中进一步表示:

现在先写一篇《填过一张爱憎表》,很长,附录在《面面观》末。

《面面观》即《张爱玲面面观》,张爱玲与宋淇反复讨论,最后定名《对照记》,是张爱玲生前出版的最后一部著作。由此可见,正在写作中的《爱憎表》原打算作为《对照记》的"附录"。张爱玲12月23日致宋淇夫妇信中又说:

搁了些时没写的长文(暂名《爱憎表》)把《小团圆》内有些早年材料用进去,与照片无关。作为附录有点尾大不掉……

可惜的是,《爱憎表》写写停停,直至张爱玲去世,也远未完成,只写出了回答三个问题的初稿和若干草稿。幸好手稿保存下来,经过整理已经收入台湾和大陆的《张爱玲全集》。

或许可以这样说，没有我当年的发掘，也就没有张爱玲这篇未完成的《爱憎表》。

《对照记》"附录"无法收入未完成的《爱憎表》，改收我于1993年5月发现公布的三篇张爱玲早期散文《关于〈倾城之恋〉的老实话》《罗兰观感》《被窝》。令人高兴的是，张爱玲这次承认了这三篇散文并同意作为"附录"编入《对照记》，她在生前未能发表的《〈笑纹〉后记》一文末尾说："这里的五篇散文前三篇是一九四四年的作品，头两篇是我将《倾城之恋》小说改编为舞台剧，上演时写的"，即指此事。如果再联系她在《爱憎表》开首所说的"有热心人发掘出我中学时代一些见不得人的少作"，就不难看出她对自己旧作态度的微妙转变。

长期以来，常有人问我是否见过张爱玲，是否与张爱玲通过信，答案当然都是否定的。但是张爱玲与宋淇的通信中，两人都数次提到我，时隔多年，这个事实终于可以澄清了。

（原载 2021 年 2 月《传记文学》总 369 期）

王仰晨先生的信和《巴金译文全集》

王仰晨先生（1921—2005）是人民文学出版社的资深编辑出版家，先后主持《鲁迅全集》《茅盾全集》《瞿秋白全集》（文学卷）的编辑出版工作，实在了不起。1986年离休后，王先生又与巴金先生密切合作10余年，共同完成了《巴金全集》和《巴金译文全集》的编辑工作。当年参加《鲁迅全集》书信卷注释时，我随人文社鲁迅著作编辑室和参加注释的各地同仁，尊称他为"王仰"，因此，此文仍以王仰称呼他老人家。

王仰在《巴金全集》大功告成之后，从1994年开始，又全力投入《巴金译文全集》的编辑工作。在此之前和之后他和巴老多次书信往还，讨论译文全集的编辑和资料搜集。我最近整理往年来信，检出三通王仰给我的信，不同程度地与此事

此照为1981年版《鲁迅全集》注释定稿组同人合影,前排左三为王仰晨先生。

有关。

王仰给我的第一封信写于1996年6月25日,全信如下:

子善同志:

你好!

承赠《私语张爱玲》一册并附笺收到已多时了,感激无已。复信迟了,请原谅。

前托代找的书,不知有眉目否,殊念。这事仍恳助以鼎力。上海图书馆正在搬家,或不易借书,不知作协图书馆或徐家汇图书馆能否觅得。前信曾请转托魏绍昌同志试试,不知他有无办法。总之拜托了。天热,以这琐事相扰,深感疲歉,亦望见谅。

草此不一,祝

健好。

仰晨 六・廿五

此信之前王仰一定还有信给我,但一时无法检出。信开头所说的《私语张爱玲》是我编的关于张爱玲的第一本书,书中收入了周瘦鹃、柯灵、林以亮、陈若曦、水晶、郑树森等海内外作家学者以及我自己写张爱玲的文字,1995年11月由浙江文艺出版社出版。王仰显然对这本小书产生了兴趣,来信索阅,故即寄呈。而接下来所说的"前托代找之书",就与编辑《巴金译文全集》直接有关了。

现存巴老致王仰信中,最早提到编辑《巴金译文全集》大概是在 1990 年。他在这年 7 月 24 日致王仰信中说:"《译文全集》中要收入'西班牙问题小丛书'(六册)。那么请你复制一份寄给我,我明年就开始编这个《全集》"。"西班牙问题小丛书"是巴老翻译的,共六种,即《西班牙的斗争》《战士杜鲁底》《西班牙》《一个国际志愿兵的日记》《西班牙的日记》《巴塞罗那的五月事变》,1938 年 5 月至次年 4 月陆续由上海平明书店出版,都是不起眼的小册。想必王仰一时也无法找到这套小丛书,以至巴老最后还是从自己藏书中检出这套小丛书寄给王仰复印。

《巴金译文全集》的编辑工作正式启动已经到了 1994 年,该年 3 月 22 日巴老致王仰信中说得很清楚:关于译文集,"现在你愿意搞,来征求我的同意,我当然同意,因为我知道你我不搞,就不会有人搞出来。我们可以搞好这套书,有我们两个人几十年的交情作为保证。那么就准备起来吧。"这是巴老再次明确表态,委托王仰编《巴金译文全集》。但编辑工作开始后,巴老找不到王仰借去复印后寄还的"西班牙问题小丛书"了,他于 1994 年 6 月 12 日致王仰信中说:"'西班牙问题小丛书',我记起来了,你拿去复印过,后来寄还了。但我还未找到,不过我还可以借用别人的藏书。"而王仰那里的这套小丛书的复印件估计也因时间拖得较久而无法找到了。这样,王仰想到了当时在华东师范大学图书馆工作的我,才在前信中嘱我设法在上海查找这套小丛书,并在此信中催问和指示查找路径。

我后来应该找到了二、三种"西班牙问题小丛书"（具体哪几种，已不复记忆），这可以王仰1997年6月3日给我的第二封信为证：

子善兄：

你好！

上次你代我复制的西班牙小丛书，花了不少力气，好像我不曾复信谢你，实在抱歉。那次没有找到的几种，后来都辗转找到了。

《巴金译文全集》（共十卷）已全部编完并付型，如顺利的话，第三季度内应出书了。

见报载，你近编就并已出版《未能忘情》一书，看了简介，我非常希望能得到一本，因为我极喜欢散文。我老向你要书，很不好意思，这次一定做到"下不为例"了，先在这里谢谢你。

你的勤奋以及收获累累，令我十分钦佩，也为你高兴。见到自立、豫适兄时，请代为致意。

草此，即颂

健好。

仰晨 六.三

从此信可知，王仰一直在为《巴金译文全集》操劳，全集终于顺利编竣，即将付梓了。而我只不过协助找到了"西班牙问题小丛书"中的几种，这本是我作为后辈应该做的，他老人家还要在信中特别致谢。

王仰的谦逊好学，在此信中也进一步显示。他又对拙编《未能忘情：台港暨海外学者散文》表示了很大的兴趣。此书收入林语堂、台静农、梁实秋、吴鲁芹、夏志清、陈之藩、余光中、梁锡华、林文月、刘绍铭、金耀基、李欧梵、董桥、也斯等五十多位海外作家学者的散文，1977年3月由上海教育出版社出版。

三封信中的末一封写于1997年6月28日：

子善兄：

承赠《未能忘情》一册已收到，十分感谢。

这本书的纸张和印刷装帧等都很好，颇有赏心悦目之感。你写的代序已拜读，觉得有分量也有水平。对你的孜孜努力和每有成果，很钦佩。

《巴金译文全集》共十卷，刚刚开印，估计出书当在八九月间，嘱代购一套事，到时当照办，请释念。

香港回归，大家还是很高兴的，因为这也来之不易。多么希望我们的国家日益好起来。

天热，请多珍重。再次谢谢你。乱涂一通。还请见谅。

祝

好！

仰晨 六.八

此信是否是王仰写给我的最后一封信？我不敢确定。但信中告诉我们，《巴金译文全集》已于 1997 年 6 月间付印。巴金这套首次编印的译文全集出版以后，王仰寄了我一套，至今还在我的书架上。信中还清楚地表达了他作为一位资深编辑出版家的眼光和鉴赏力，他对《未能忘情》的用纸、印刷和装帧都给予了肯定。

总之，二十多年后重温这三封信，我仍然深受感动。王仰编辑《巴金译文全集》竭尽全力，还带领我做了一点事，王仰对后学的信任、关爱与鼓励，我当牢记在心。

（原载 2020 年 5 月《世纪》总 162 期）

我与"莎斋"主人的过从

题目是套用"莎斋"主人吴小如先生的《我与常风先生的过从》,吴先生在文中说"我虽未上过常老的课,却始终执弟子礼"。我对吴先生也是同样的心情。虽未上过吴先生的课,无缘忝列门墙,但无论从年龄还是阅历,从学问还是识见,吴先生都是我的长辈、我的老师,我对吴先生始终执弟子礼。

一

寒舍过道一面墙上,十多年来一直悬挂着一件楷书横幅,内容如下:

向晚坐花陰,攤書成獨吟。言情細講平伯名義,廢空無際。昏鴉亂入林,俄看月上東香。意滌煩襟,錄六十年前習作應子善先生屬。甲申夏小如

吴小如先生手书常年挂于陈子善寓所

向晚坐花阴，摊书成独吟。言情平伯细，讲义废名深。碧落空无际，昏鸦乱入林。俄看月东上，香意涤烦襟。录六十年前习作，应子善先生属

甲申夏　小如

诗幅末又钤"吴小如八十之后书"阳文印一方。"甲申"是2004年，也就是说，这幅大字是吴小如先生在2004年夏天为我所书的。我奉收后，一定喜出望外，立即去信申谢。吴先生在同年10月6日复我的信中，就回顾了他写作旧诗的经历，说明为何要把此诗书赠于我的原因，窃以为很有史料价值：

子善先生：您好！

　　承　寄下拙文复印件，多谢。此文已收入拙著《书廊信步》，请　释念。

　　弟文革前所作旧诗，已于一九六五年凭第七感觉（或作第N感觉亦可）即自行焚毁（近千首），少数只靠记忆。如写赠　先生者末句即与初稿不同矣。十一届三中全会之后又不免故态复萌，但亦未全留稿。最近从邵燕祥兄大著中见到他所藏的影印件，自己即未留稿。给　先生写毛笔字，因考虑　先生是治现代文学的，遂写了含有俞、冯两位老师名字的旧作，字写得不好，乞谅。匆复。

　　敬祝

秋安

　　　　　　　　　　　弟　小如顿首启上

　　　　　　　　　　　十月六日

原来我当时斗胆向吴先生求字，吴先生考虑真是周到，特意选出颔联写俞平伯和冯文炳（废名）的这首五律书赠我。俞、冯既是吴先生的师长，又都是新文学的名家，而我"治现代文学"，确实再贴切不过。查《莎斋诗剩》，此诗题《无题》，系于1945年之后（应作于1945年春）。吴先生自己说过，"我从1944年学作旧诗"，而称此诗为"习作"，恐怕不全是谦虚，吴先生自己还是甚为看重的。这有他1946年"孟冬"所作长文《废名的文章》之《附记一》为证：

去年春天在燕城小住，偶然写了一首五律，大抵正是读《谈新诗》的时候吧，里面曾提到废名先生的名字。又因为读平伯先生的文章，听平伯先生讲清真词，所以把这两位大师的名字对成一联，后来还抄给平伯先生看。当时颇有不获废名先生亲炙的遗憾。孰意不及两年，竟尔如愿，为幸何如！诗的三、四句云："言情平伯细，讲义废名深。"其工拙可以不论，所取者只是一点敬其事之心耳。

到了晚年，吴先生在《读书是求师的桥梁》一文中再次提到这首五律：

子善先生：德鉴，

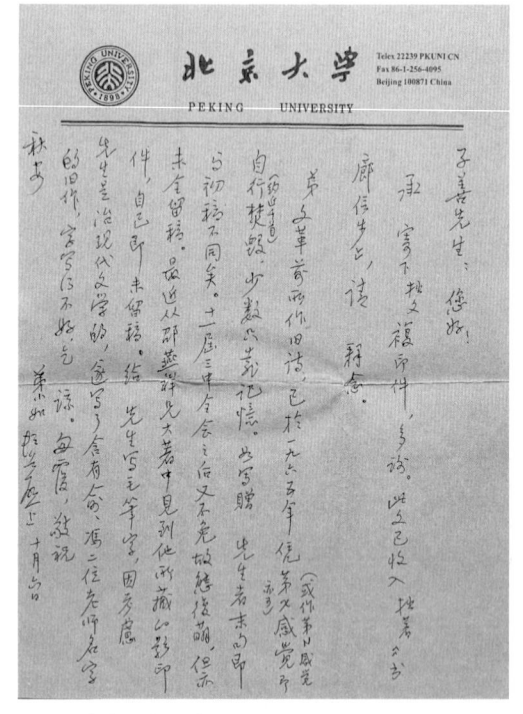

承寄下拙文复印件，多谢。此文已收入拙著《书廊信步》，诸稀察。

弟五年前所作旧诗，已于一九九五年信笔又感觉所作（或作第以感觉所作）自行楚毁，少数凭荒记忆，书写赠先生者未句即与初稿不同矣。十层楼中令之后又不免被修饰，但系未定留稿。最近从邵燕祥兄大著中见到他所藏么彭印件，自己即未留稿。给先生写一笔字，因多虑先生正治现代文学，乃写了念有希冯二位老作家的旧作，实写得不好也。谅之，无官。敬祝

秋安

弟小如上乙亥十月廿日

俞平伯先生，我是自一九四四年随高庆琳兄到北京私立中国大学听课（实际是"偷"听）时见到的。及一九四五年，我冒昧地给平伯先生写了封信，请他接纳我做学生，并附上一首拙作五言律诗。①。平伯先生很快回了信，信上有"以鄙名与废名作偶，甚可喜"及说"废公那个'深'字很恰当"等语，我随即款门问业。当时平老对我感到满意的有三件事，一是我读过平老所有的著作，二是我这年轻人居然会写几句旧体诗，三是我曾为平老用二王体小楷写录了一通他的长诗新作《遥夜闺思引》。因此平老直截了当地收了我这个门人。

可见这首五律在吴先生的问学过程中还发挥过重要作用，难怪他一提再提。而我从此诗尤其"言情平伯细，讲义废名深"联所得者，正是前辈对后学的关爱之心。可惜我当时忘了再请教吴先生，此诗末句"初稿"的原句，而今永远无从知晓了。

二

我不是北大学生，是怎么认识吴先生的？记忆已经相当模糊了。但有一点记得很清楚，我最早是在"停课闹革命"那个年代里读到吴先生的书的，那就是"吴小如　高名凯合译"的

---

① 即以上所引者，此处省略——作者注。

《巴尔扎克传》(司蒂芬·支魏格著,1951年3月上海海燕书店初版)。一本厚厚的大书,也是吴先生翻译的唯一的一本书,囫囵吞枣才读完,内容早忘却,传主、作者和译者的名字都记住了。直到最近才知道,吴先生早在1943年时开始翻译英国毛姆的作品,1947年10月6日《天津民国日报·文艺》第97期就发表了他以"少若"笔名译的毛姆《负重的兽》。在译后"附记"中,吴先生把毛姆译作"茂姆",很有趣。

到了1975年,在上海师大中文系培训班求学时,又读到了以北京大学中文系古代文学教研室名义出版的《先秦文学史参考资料》和《两汉文学史参考资料》。也是后来才知道,这两部大书是吴先生在游国恩先生主持下完成的,前者吴先生注释,后者也是吴先生主要注释。两书一直在海内外广获好评,迄今仍是研究中国古典文学的必备书。但当时也未能认真学习,说得严格一点,只是"知道"而已。

拜见吴先生已是1980年代中期的事了。当时吾友安迪兄调入上海文汇出版社,雄心勃勃,准备大干一场。受他鼓舞,我接连编选了知堂译《如梦记》、《叶灵凤随笔合集》(三卷本)、柳苏等著《你一定要看董桥》等书。初战告捷,我们又商议更大的编选出版《梁实秋文集》的计划。于是结伴赴京,专程拜访梁实秋长女洽谈。此事虽然后来功亏一篑,但我们在京期间还一起走访了不少文坛前辈,住在北大未名湖畔的就有金克木、张中行……吴先生也应是在这次走访中求见的。

那天下午,吴先生很欢迎我们两位不速之客,看得出他愿意与后辈交流。具体谈了些什么？早已不复记忆。只记得吴先生问起，我俩是否喜欢京剧，安兄怎么回答我没记住，只记得自己老实承认对此一窍不通，只知道"两芳一天"：梅兰芳、周信芳和盖叫天。吴先生宽容地笑笑，马上转换了话题。此后，我多次拜访吴先生，他再不对我提起这个话题。吴先生是公认的研究中国古典戏曲主要是京剧的大家，著述丰赡，"京剧迷"启功先生、黄裳先生对他都很佩服。失去了在戏曲方面向吴先生请益的机会，当然是我的莫大的损失，但这不也说明吴先生体谅我这样才疏学浅的后辈吗？

值得庆幸的是，我与吴先生之间还有许许多多共同的话题。吴先生的高足和友人，不是以研究古典文学著名，就是在戏曲艺术领域颇多建树，还有的擅长书法和书法理论，唯独在现代文学方面，与他来往向他求教的并不多。然而，他在新文学书评创作上可算1940年代后期异军突起的一家，他在这方面的可贵贡献，只要读一读他的《旧时月色：吴小如早年书评集》（2012年9月北京大学出版社出版）就可明瞭，却至今无人认真研究。施蛰存先生曾自诩一生开了四扇窗，吴先生其实也开了好几扇窗。也因此，我大概算是在现代文学方面可与吴先生聊聊的少数几位小朋友之一，交往也慢慢多了起来。

三

记忆中，历次拜访吴先生时谈到过的，有他敬重的老师俞平伯和废名（吴先生有多篇忆两老文），有他在北大的老友夏济安及夏志清兄弟（吴先生有《师友怀想录·回忆夏济安》），有他研究黄遵宪的同道郑子瑜……而常风先生更是不时提起。吴先生对常风先生"始终执弟子礼"，虽然读到他写的《我与常风先生的过从》较晚，我仍为常先生与吴先生的忘年交所感动。1980年代末，我与常先生取得联系，鱼雁不断。应我之请，常先生先后撰写了忆知堂和忆叶公超两篇长文。这事吴先生知道了，很称赞。我1997年春到太原开会，专程拜访常先生，这是我唯一一次与常先生见面。吴先生得讯后在同年8月10日致我的信中也特别提到："您到太原见了常老，弟已知道，是常老令爱来信告知的。"

常风先生在1940年代出版了两本评论集，《弃余集》（1944年6月北京新民印书馆出版）和《窥天集》（1948年5月上海正中书局出版），都很值得重印。1995年10月，辽宁教育出版社出版了收入《弃余集》的常先生回忆和评论文集《逝水集》。于是，我向常先生建议，再印一本《窥天集》增订本，有幸得到常先生惠允。正好，吴先生和海上谢蔚明先生合作，为山西教育出版社编选一套"读书阅世丛书"，也有意再为常先生出书，纳入《窥天集》也就顺理成章，于是，我编选的《窥天集》增订本得到了吴先生的细心指点和帮助。他于1997年5月5日致我的信就是指示《窥天集》编选工作的：

子善先生：您好！

惠寄常风先生文集复印件收到，真是多谢！承武汉蒋锡武先生把您所开示的其余三篇常老佚文找到，我按照您的分类并改了题目分别收入第二、三组"集外文"。还有一篇评巴金的《爱情三部曲》，也载于《武汉日报·现代文艺》，我已托常老的令爱常立同志去搜觅了。如能找到，则当在您的"编后记"中把篇目数字略作改动。据山教社合同，编辑费是每本书稿酬的十分之一，等出书后，只要出版社一支付，我就负责寄奉。拙著及交谢蔚明先生书容有便再带去。尊编《周作人》一书，拜领，谢谢！匆祝

夏安！

小如　5.5

我在复印件上又作了一些处理，尊作《编后记》中引契诃夫语，我擅自删掉，以免引起误会，想荷同意。又及

这封信几乎专门讨论《窥天集》增订本的编选。完全可以这样说，吴先生审定了我编的《窥天集》增订本，不但想方设法增补了我一时无法找到的集外文，还修改了我的《编后记》，删去了不适当的引文，并在回信中特别作了解释。我当然大为受教。

吴先生自己又专为《窥天集》写了序，不仅回顾了常先生评论、编辑和翻译并举的文学历程，交代了自己成为常先生"私淑弟子"的过程，还强调自己曾在书评写作上"亦步亦趋，

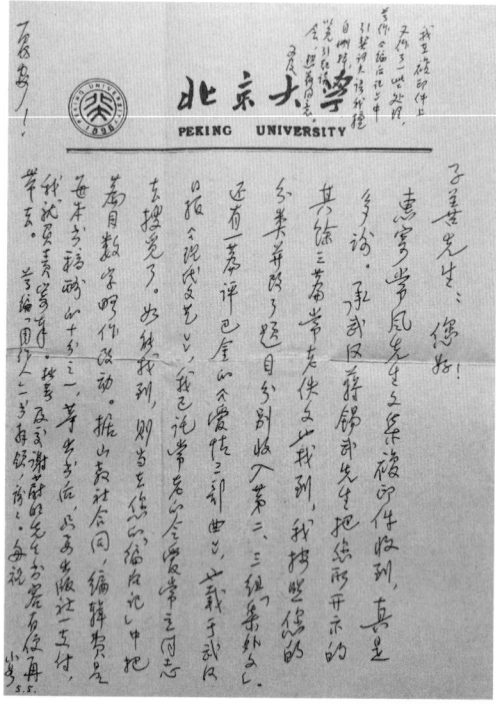

子善先生致陈子善函（2）

力图成为常先生的追随者。"并着重指出:"我把常老的大著重温了一遍,同时也拜读了子善先生鼎力搜集的常老的 30 篇集外文。尽管这是常老五六十年前的旧作,今天重读,却依然饶有新意。我认为,这是一本治现代文学史和关注半个多世纪前文坛现状的必读书。"评价是相当高的。

《窥天集》增订本 1998 年 6 月终于问世,吴先生又为我能及时得到编选费而费心。他在同年 8 月 7 日致我信中说:"先生为常风先生编《窥天集》,编辑费约千元左右。弟已屡向出版社明确交代,此款迳寄　先生。但迄今为止,弟与谢蔚明先生的编辑费一直未收到,因此甚不放心。不知已寄　先生否?望　先生示及"。还感慨地说:"弟编此套丛书,生了不少闷气,今后再不干了。"这套丛书也确实是吴先生所编的最后一套书。吴先生对后学的关心和周到,由此也可见一斑。

四

除了指点我编《窥天集》增订本,吴先生对我的现代文学辑佚工作一直很关心,很支持。我在查阅 40 年代京津报纸副刊时,无意中发现吴先生不少文笔优美的书评,虽然是他的少作,却颇有见地,其中又以新文学书评最为突出。我都录下提供给吴先生,他大为高兴。这本是作为后学的我该做之事,他却一直记着,出书时一而再再而三地提到我。

1998 年 1 月,吴先生出版《今昔文存》(湖南人民出版社初版）时，在《后记》中说："关于书评旧作，本留有底稿或剪报。十年浩劫中都被席卷而空……多承华东师大陈子善先生代检旧报，录示篇目"。十个月后，他出版《心影萍踪》（上海教育出版社出版）时，在《后记》中又说："上海华东师大图书馆的陈子善先生是为我查找旧作提供线索的热心人，我更应向他致谢。"此外，他准备把旧作《谈小田岳父著〈鲁迅传〉——纪念鲁迅十一周年作》一文收书时，也在文前特别加了一个《作者按》，开头就说："几年以前，上海的陈子善先生到北京来查阅旧期刊报纸，发现了这篇拙文，并建议收进我当时正在编订的集子"，后来，因他考虑到此文中对《鲁迅传》译者范泉先生译文"删节"有所批评，故没能收进他的几本书中。范先生谢世后，他更不愿"把这篇旧作公之于世了。"但又有"熟人"提出不同看法，主张文中提出的应让"中国读者全面了解日本作家对鲁迅的观点"的看法并未过时，最后还是决定"存真"，收入了《旧时月色：吴小如早年书评集》。

尤其使我铭感不忘的是，拙著《发现的愉悦》（2004 年 2 月湖北人民出版社初版）出版后，我寄了一本给吴先生请他指教。原以为他老人家随便翻翻即可，不料不到一周就接到他的电话（吴先生不但常写信，而且喜欢打电话。有年春节，我的拜年电话还未打去，他的电话却打来了，使我很难为情），首先自然是表扬了几句，然后就不客气地对《发现的愉悦》提出批评，哪一页哪个词使用不当，哪一页哪个字错了，听得我汗颜不已，只能怪自己才疏学浅又粗心大意。万没想到，不久之后,他又打电话告我,他已写了书评,将在中华书局的《书品》上刊出,这就是发表于《书品》2004年第四辑的《陈子善著〈发现的愉悦〉》,文中大大表扬了我一番,实在不好意思再在这里征引。但吴先生十七年前在此文中所说的两段话,拙见至今仍有普遍意义,仍给我们以启迪:

远在若干年前,我就认为不但"古籍"需要整理,"今籍"也需要整理,甚至整理今籍的难度还要大一些。我所谓的整理今籍,用陈子善先生的说法,即"在中国现当代文学研究领域里'从事'史料学研究"。当然,从事史料学研究也有不同的切入点。如果对史料进行诠释工作,那就用得着治文字训诂的一套学问,即前人所谓的"小学";如果要从事"辑佚"工作,那就需要掌握目录学、版本学和校勘学等方面的基本功。

平心而论,古籍虽多毕竟"有涯",而近、现代人的著作和近百年来的报刊杂志,虽不敢说"无涯",但从中爬梳别抉出佚文、佚著来,至少难度不比整理古籍小。愿学术领域中能多出现几位像子善先生这样的有心人,为我们现当代文学领域多开垦出一些有价值的、有意义的新的土地。

五

说到吴先生的早期书评,自然不能不提他讨论张爱玲的两篇书评。两篇都署名"少若"。先写的《读〈流言〉(张爱玲著）》虽已在吴先生生前就已收集，但一直不明出处。这次为写这篇回忆录，在友人帮助下，终于查明发表于1945年11月19日《天津民国日报·文艺》第2期，离抗日战争胜利仅三个月多一点。《文艺》是吴先生的友人刘叶秋主编的，因此，自创刊号起，吴先生就源源不断地供稿。《读〈传奇〉》发表于1947年5月17日天津《益世报·文学周刊》第41期，后来收入《心影萍踪》时，吴先生在文末加了个《附记》说："副刊是沈从文师主编的，此文曾由从文师过目。时过半个世纪，似乎文中有些意见尚未过时。既侥幸找到旧稿，收入书中，也算'立此存照'吧。"从文中可以看出吴先生对此篇也是比较自得的。

确实，自张爱玲在上海《紫罗兰》1943年5月第2期开始连载小说《沉香屑：第一炉香》到抗战胜利，她在上海文坛大红大紫期间，对她的创作有分量的像傅雷《论张爱玲的小说》这样的评论，并不多见，北方文坛也只出过一本拼拼凑凑的《苏青与张爱玲》（1945年北京沙漠书店初版）。因此，吴先生这两篇书评就显得难能可贵，它们不仅填补了北方评论界研读张爱玲缺席的空白，在抗战胜利以后也是首次从学术层面对张爱玲的小说和散文创作的得失进行评估，真可谓空谷足音。我有次拜访吴先生时说到这两篇书评，他只是谦虚地表示：我据自己阅读的真实感受说了几句真话而已（大意）。

正是基于吴先生在张爱玲研究史上举足轻重的地位，我在出版拙著《沉香谭屑：张爱玲生平和创作考释》一书时，就想到了求他老人家题写书名。吴先生尊人吴玉如先生是公认的大书法家，而吴先生自己的书法，特别是楷书，风格温润儒雅，恬淡冲和，也属学人书法中的佼佼者。近代以来，父子均以书法名，实属少见。所以，我斗胆去信吴先生恳请。

有必要说明的是，出书请名家题签当时已成风尚，但我有自己的想法，绝不盲目攀附，一定要这位题签者与书中内容有所因缘和关联才好，或是此书作者的师友，或是此书作者的研究者，这样才有意思。我与王自立先生合编的第一本书《郁达夫忆鲁迅》，请胡愈之先生题签，因胡愈老是郁达夫流亡印尼苏门答腊时的患难之交，还写了《郁达夫的流亡与失踪》一书。编《回忆郁达夫》一书时又请叶圣陶先生和刘海粟先生题签，两位前辈都是郁的友人，刘与郁还过从甚密。请叶老题签通过好友商金林兄，叶老年事已高，五个字写了几遍，选出较满意的五字剪贴而成，实在难得。原以为封面用叶老的字，扉页用刘老的字，一横一竖，珠联璧合。不料出版社弃用叶老的，封面扉页都用了刘老的，以至我一直觉得愧对叶老和金林兄。编台静农晚年散文，请蔡清富先生向启功先生求得"台静农近作选"题签，因他俩不仅是多年老友，启功先生还说过不敢把自己的字给台先生看这样的话。不料书名改为《台静农散文选》，这条题签又不能用了，至今仍放在我的抽屉里。有了这两次请前辈题了签结果无法使用的教训，我以后就不敢再请了。这次请吴先生题签是鼓足了勇气的破例之举。

吴先生很快就把书名写好寄来了，而且特别周到，横竖都

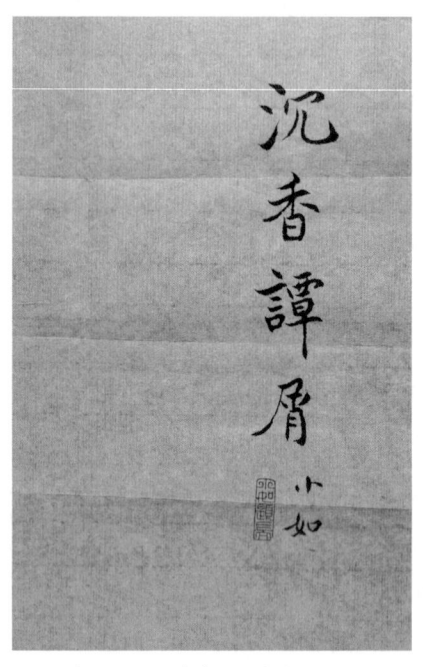

吴小如先生为陈子善著《沉香潭屑》题写书名

写了一条，供我选用。他2007年5月13日致我信专门谈了这次题签和他自己的张爱玲观，窃以为也很有史料价值，照录如下：

子善先生著席：顷奉

来示，遵 嘱写 尊著书名两条，殊不惬意。

近时体力衰惫，力不从心，作字每不中规矩，幸先生宥之。谨寄奉，可用即用，姑作纪念耳。刘绪源兄主"笔会"编政，老友情面，故勉为小文以应。他处报刊皆谢不敏。弟初写张爱玲书评时，已是张失意之始。盖抗战一胜利，张即受歧视矣。自信当时亦二十许人，而眼力尚不差，故四五十年后，拙作书评尚未过时。此日舆论对张，始终毁誉参半，弟已不再置喙。目前文坛，与学术界、教育界、艺术界皆是非颠倒，难说真话。 先生对张能锲而不舍，已极难可贵。而自一九四五至一九四八年，以弟亲身经历，似犹以宽容兼顾态度为主流。沈从文师对张爱玲，并非正面赞誉者，而弟评《传奇》小文，即由从文先生亲自编发于《益世报》文学副刊。而弟于林庚先生八十整寿时，写小文刊诸"笔会"；至前年为林老出纪念文集，拙文竟被刊落，畏首畏尾，一至于此，夫复何言！为先生题书名，虽是友谊情深，同时亦是一种表态也。想先生能詧之也。匆复。

敬祝

撰安！

　　　　　　　　　　　　　弟　小如　顿首启上

二〇〇七、五月十三日

吴先生此信，有历史回顾，有现实关照，有自信，有感慨，也有对后学的殷切期望，当时读了就深受感动，此次重读，仍然很受感动。《沉香谭屑》出书时，我在《小引》中摘引了这封信，并表示："之所以把小如先生为《沉香谭屑》题写书名的原委公开，一则这是一段可宝贵的文坛史料；二则可以借此证实'张学'研究史的曲折历程。至于小如先生对后学的期许，我自当作为最大的鼓励和鞭策。"这个观点我至今不变。

谁知好事多磨，等到《沉香谭屑》问世，已是五年之后的事了。不过令人欣慰的是，此书香港牛津大学出版社和上海书店出版社两个版本，吴先生的这两条题签都用上了，都是竖写印在封面，横写用在扉页，在我所有的著编中，这是唯一的一次。吴先生俊逸清朗的题签，不消说，使拙著大为增色。牛津版样书一到，我就第一时间寄奉吴先生。虽然姗姗来迟，他老人家仍很高兴，特地来电表示祝贺。

吴先生还有一件事不能不提。早在改革开放之初，吴先生在1980年6月21日致作家姚雪垠的信中就说："您信上所提到的那些作家作品，我全都想到过，如包公毅（天笑）、张恨水、徐訏、张爱玲等等……当前在课堂上讲现代文学史的人似乎都未必见过。这样搞法，岂不是愈搞东西愈少，搞来搞去把人都搞成'文盲'了吗?"不满之情,溢于言表。吴先生当时思想多么开放,多么有眼光,说得多么好。吴先生这封论学的信现存我处,我会常常翻出来看看,鞭策一下自己。《沉香谭屑》出版以后,我虽还数次拜访吴先生,但我们未再涉及张爱玲这个话题。我知道吴先生对张爱玲的后期创作评价不高,他认为张爱玲"真正可以传世的还是《流言》和《传奇》,出国后的作品实有'才尽'之嫌。"(《读张爱玲〈流言〉附记》)我后来想,如果吴先生读到《小团圆》,会不会改变自己的看法呢?

六

与吴先生经常谈到的,还有一位现代文学史上的重量级人物,我不说,有的朋友也许也能猜到,那就是"五四"新文学代表之一的知堂。知堂是俞平伯的老师(俞居知堂四大弟子之首),俞平伯又是吴先生的老师,按辈分算,知堂应是吴先生的太老师了。而我编了不少关于知堂的书,吴先生首次见我就表示肯定,我前引吴先生来信中,也有他收到我所寄请他正编的《闲话周作人》一书的记载。所以,我们谈到知堂是再自然不过。

然而,我读吴先生的书,发现他写知堂很少很少。也许我读得不够仔细,只见到间接写到的两处。一是他在《追忆俞平伯先生的治学作文之道》中写到:

我以为先生（指俞平伯——作者注）做学问有三个特点。一曰"不苟同"。这不仅表现在对时贤或门弟子的观点见解不轻易随声附和，就连对先生夙所尊敬的老师，二十年代初期的周作人，也持"吾爱吾师，吾尤爱真理"的严肃态度。如先生在一九二二年四月发表的与周作人论诗的公开信（见《诗》第一卷第四期）即是如此。这封信里凡有不同意周作人观点的地方，都一一进行了阐释驳辩。

显而易见，这段话旨在阐扬俞平伯做学问的"不苟同"，只是举出俞平伯"论诗"时不同意乃师观点为例。虽然这个例子很有说服力，毕竟主要不是讨论知堂。还有一处则是吴先生在回忆知堂另一大弟子，也是他的老师的废名时写到，那就是《我和废名师的最后一面》中的一段：

废名师一生只服膺两个人，古人是孔子，今人是周作人。四十年代周已入狱，废名师在报上写文章就公开称知堂老人为"圣人"。一九四九年新中国成立后，周作人被释放，回到北京。有一次我去看废名师，先生写一便条嘱我去八道湾面见知堂老人，顺便取回一件东西（似是一本书或一篇文章）。这是我认识周作人的开始。记得要取的东西由周给了孙伏园先生，于是我又到伏园先生处取回才交给废名师的。当我见到周时，他知道我是俞平伯先生的学生，又听过废名师的课，便说："废名人太真率，只怕要因我而受连累，甚至会吃亏的。"我只能唯唯而已。

吴先生这段话里有一处误记。知堂被释放不是"一九四九年新中国成立后",而是在共和国成立以前。但是这段话清楚地告诉我们,吴先生首次见知堂,是代废名去八道湾知堂寓所"取东西"。这次见面的具体时间,将来知堂1950年代初的日记公开,自然水落石出。首次见面,知堂知道了吴先生是俞平伯和废名的学生,除了对废名的命运表示担心,还对吴先生说了不少话。吴先生逝世后,上海《文汇报·笔会》的刘绪源兄追忆与吴先生的交往时,也写到某次访吴先生,吴先生向他透露:"他还说起知堂,说20世纪50年代初为俞平伯送一封信,曾到八道湾知堂家,知堂老人和他交谈了一会儿,其中有一句话印象最深,是告别时的轻声叮嘱:'苟全性命于盛世……'"这就产生了一个问题,吴先生首次见知堂,到底是代废名送一封信还是代俞平伯送一封信?前一个说法来自吴先生本人的文章,后一个说法是刘兄的回忆,哪一个说法成立?

世上也真有巧事。我最后一次拜见吴先生,竟也谈到了他首见知堂的情景。那天下午我先到北大出版社,办完事后就过天桥,进中关园。叩响了吴先生寓所的大门。吴先生人已很清瘦,右手也已不方便,但精神还不错。我的突然出现,他有点意外,但很快一老一少就漫谈起来。不知怎么说到了知堂,我就问他为何未撰文忆知堂?他答得很明确:不好写。然后又说:我现在告诉你我和知堂老人的几件事,没有对别人说过,我早决定不写了,你以后或可以写。这几件事的第一件,就是他首次见知堂的经过,包括刘兄忆及的那句话,大意不错。我后来读到刘兄此文,才知吴先生已告诉过刘兄了,足以证明知堂这句话吴先生印象很深。至于请他送信的人是谁?我记得吴先生所说与他文章所述一致,是废名。惜刘兄也已谢世三载,无从再探讨求证了。

我告辞时,吴先生送了一本《吴小如讲孟子》(2008年1月天津人民出版社初版),这是他最后一次送书给我,但手已无法签名了。此后我再无机会见吴先生,他的学生彭国忠兄是我的同事,我每次见到彭兄,都要询问吴先生的近况,托彭兄代为请安,一直到吴先生逝世。

吴先生与我交往,在他那一方面,完全是遵守传统规矩。惠函必竖写,抬头必称"先生",信中写到我必空开一字,落款必自称"弟",这怎么可以呢?我去信"抗议"过,他仍我行我素,作为后学,我只好遵从。虽然我也知道他老人家称我"先生"而自称"弟",是他对比他年轻的我的谦称,他在《称"兄"道"弟"及其他》等文中也已说得很明白。但由此也可见吴先生的厚道,或者可以说他对我这样的后学的厚爱,我是衷心感铭的。

两年多前,刘凤桥、程立兄编《吴小如纪念文集》(2021年5月安徽文艺出版社初版),专诚向我约稿,我那时正忙于他事,竟无法报命,只以一篇短小的《吴小如佚简》塞责。这次写了这篇较长、较全面地回忆与吴先生过从的文字,一方面补还刘、程两位的文债,更重要的是要表达我对吴先生的深深感激和由衷的纪念之情。

(原载 2021 年 10 月《传记文学》总 377 期)

"博物"作家枕书先生

"枕书"是吴德铎先生的笔名。怎么认识吴先生的？我已记不真切，很可能是金庸先生创办的香港《明报月刊》（以下简称《明月》）从中"介绍"。

自1986年3月起，我开始为《明月》撰稿，发表在《明月》的第一篇文章是《施蛰存先生的贺年卡》。之后，断断续续在《明月》上发表了不少关于中国现代文学史的长短文字，论及的作家包括周作人、郁达夫、梁实秋、孙大雨、傅雷、张爱玲等。《明月》也因此成为我在香港发表研究心得最多的两个刊物之一，另一个刊物是刘以鬯先生创办并主编的《香港文学》。

吴德铎先生当时也是《明月》的常年作者。我记得很清楚，几乎整个1980年代，每年农历新年前，《明月》刊登的该年生肖介绍文字，均出自吴先生之手，他引经据典，庄谐并重，把十二生肖几乎写活了。后来《明月》的资深编辑、藏书家黄俊东先生告诉过我，金庸很看重吴先生的文章，吴先生每次到港，金庸必宴请畅叙，待若上宾。

因此，吴先生很可能在《明月》上读到拙作，对我这个也在上海的小老弟（这是他见我的口头禅）有点欣赏，愿意交我这个小朋友。他当时已是上海社会科学院历史研究所研究员，我受宠若惊。特别是1988年以后，吴先生不大能收到赠阅的《明月》，而我却运气好，能经常收到。他就向我提出，赠给他的那一本能否一并寄我转交？我自然遵命，因我有机会经常向他请教了。这样，在三、四年时间里，我几乎每个月都要到他上海永嘉路的寓所一次，转交当月的《明月》。有时晚去了几天，他就打传呼电话来询问。每次去都是一杯清茶聊上一个下午，他真健谈，天南海北，兴致勃勃，臧否人物，更是无所顾忌，使我受益匪浅。

时间一长，我才知道吴先生是位真正的"杂家"。他出生于江西都昌，原来是学畜牧的。1950年代后期起一直在上海晋元中学任教，改革开放后调入上海社科院。当时晋元中学教师中还有一位名扬四海的掌故名家、"补白大王"郑逸梅先生，是吴先生称之为"介于师友之间"、"三十年道义之交"的文坛"长辈"。吴先生第六本"知识性短文"集《博物古今谈》就是请郑逸老作的序。而我与这两位前辈都认识并能请益，也是三生有幸。这也说明当时的中学里藏龙卧虎，人才辈出。再往前追溯，鲁迅以降，叶圣陶、朱自清、朱光潜……许多现代文学大家都当过中学教师，他们的中学教书经历对他们的文学创作产生过什么影响，应该引起现代文学史研究者的注意。

吴先生在中学执教时就喜欢舞文弄墨，1950年代末开始为上海《文汇报》和《新民晚报》撰稿，后来又扩大至香港《大公报》和《文汇报》。在高人指点下，他专心致力于"知识性短文"也即"博物识小"类文字的写作，即在一二千字左右的篇幅之内，从古今中外四个方面漫谈某一个动物、植物、矿物和器物，而且材料要新鲜稀见，不人云亦云。这些深入浅出的文字不仅令人读来增长见识，也大都趣味盎然。时间一长，竟蔚为大观，吴先生由此自成一家。当年他的第一本书《认识周围的事物》在香港问世时就得到傅雷的"褒奖、鼓励和期待"。① 郑逸老对他也大加赞扬：

> 德铎撰《博物识小》（署名"枕书"），连篇累牍，揭诸报端，读者善之。奈十年内乱，噤不能声，何况笔札，迨劫火熄，妖氛散，又复暑纂寒抄，几至忘其寝馈。《博物识小》类短文，结集成书，先后已有五册，举凡春鹍秋蟋，雪藕冰桃，马负千钧，蚁驮一粟，以及汉灯晋璧，越讴巴歌，无不考证赡详，独见逞臆，兹又有《博物古今谈》之问世，茹古而不乖

---

① 吴德铎：《我与〈博物识小〉》（代序），《博物识小》，上海：上海三联书店，1992年，第7页。

今，标新而不悖旧，斯乃第六次结集成书，海内外读者之众，由此亦可概见。①

1990年6月，吴先生出版他的第7本著作《博物述林》时，在《后记》之后还有一则《附启》，开列了他的7本"博物识小"系列书目，我以此为基础加以增补，共得13种：

1. 认识周围的事物　1963年11月　香港上海书局
2. 古今中外谭奇录　1966年6月　香港上海书局
3. 博物探源　　　　1976年1月　香港中流出版社
4. 格物古今谈　　　1985年6月　香港南粤出版社
5. 博物记趣　　　　1985年10月　上海学林出版社
6. 博物古今谈　　　1988年3月　南京江苏科学技术出版社
7. 博物述林　　　　1990年6月　上海学林出版社
8. 讲饮讲食　　　　1990年9月　中华书局（香港）有限公司
9. 科技史文集　　　1991年3月　上海三联书店
10. 文心雕同　　　　1991年11月　学林出版社
11. 博物识小　　　　1992年5月　三联书店上海分店
12. 漫游博物世界　　1997年1月　上海三联书店

---

① 郑逸梅：《引言》，枕书：《博物古今谈》，南京：江苏科学技术出版社，1988年，第1—2页。

13. 物趣　　　　　　1999 年 6 月　　上海文化出版社

吴先生一生辛勤笔耕的成果大概尽于此了。他在《附启》"前言"中说："这些拙作出版的时间，前后相隔已经二十多年，第 1—4 本，又出版于香港，现在要购买，当不可能。"① 确实是如此，我这么多年来多次到港访书，只觅得"枕书"的第二本著作《古今中外谭奇录》，其他三种都未见踪影。不过，总算有一点收获。可惜觅得此书时，吴先生已归道山，不能请他签名了。他后来出版的著作，大都馈赠我，睹书思人，不胜感慨。

这 13 种著作里，除了《科技史文集》和《文心雕同》因是他的学术著述，《博物识小》《漫游博物世界》和《物趣》因他已经逝世而署他本名吴德铎外，其他 8 种均署名"枕书"。② "枕书"的"博物识小"系列驰名海内外，诚可信矣。至于为何署名"枕书"，他自己也有生动的解释：

我为什么用"枕书"作笔名呢？

我诚然喜欢卧读，枕边确有不少书，"枕书"却从来未曾有过，用它作笔名是有一次读赵翼《消闲诗》发现了如下的两句：

---

① 枕书：《博物述林》，上海：学林出版社，1990 年，第 200 页。
② 《博物探源》一书出版时署名"沈书"，吴先生对此有个解释："这书出版于'文革'时期，代我料理这事的友人故意署名为'沈书'，以免影响'枕书'，用心良苦，我一直铭刻于怀。"参见枕书：《博物述林》，第 200 页。

高枕北窗寻乐地，拥书南面作长城。

我当时才过而立之年，却向往这种境界，便采用其中的"枕书"二字作笔名……①

吴先生不仅"博物识小"系列脍炙人口，对中国科技史、近代文史、比较文学及现代文学都有很高的造诣。我对科技史是十足的外行，不敢置喙。但我知道吴先生还标校整理了《洪宪纪事诗三种》（刘成禺、张伯驹著）、《赛金花本事》（刘半农等著）、《上海闲话》（姚公鹤著）、《台湾外志》（清江日升著）等，参与主编了《徐光启研究》等，真可谓著作等身。

吴先生在比较文学研究方面也是一位先行者，我是后来才知道的。不久前得到一批香港《海洋文艺》杂志，在翻阅中发现，从1979年3月第6卷第3期起，到1980年9月第7卷第9期，吴先生在《海洋文艺》上先后发表了九篇评论，编者还特别标明系专为他开设的"比较文学"专栏文。其中《〈天方夜谭〉与〈今古奇观〉》《莎士比亚与中国古代传说》《〈仙履奇缘〉的奇缘》《福尔摩斯探案中的中国古代传说》《中国的河伯与西方的海神》等，就是四十年后的今天读来，也是引人入胜的。如果不是博览群书又有鲜明的问题意识，是不可能写出这些视野开阔、卓见迭出的中外文学比较文字的。难怪也是《海洋文艺》作者的施蛰存先生读到这批文章后颇为赏识，就把吴

---

① 吴德铎：《我与〈博物识小〉》（代序），《博物识小》，第7页。

先生请到敝校中文系有史以来的第一个比较文学讲座讲课，"并连续讲了两届"。不过，那时我还不认识吴先生。虽然这九篇文章后来都已收入吴先生唯一一部文学论集《文心雕同》，我还是为查明了它们的原始出处而感到高兴。

当然，与吴先生谈得最多的是两位中国现代文学史上的大家。一为周作人。《知堂杂诗抄》（1987年1月长沙岳麓书社初版）问世后，我送了一本给他，他十分高兴，接连写了两文，即《知堂佚诗一首》和《再读知堂杂诗——兼补足原作者所删的部分》予以增补。另一为傅雷。他与傅雷有长达二十多年的交谊，单纪念和研究傅雷的文章就有五六篇之多，其中《人不磨砚砚磨人》《关于〈约翰·克里斯朵夫〉》《傅雷拒绝改名吗？》等，均颇具史料价值。而我的傅雷研究，一开始也得到他的指点，他曾在《〈傅雷家书〉的故事》一文中说：

一次，华东师大中文系陈子善同志来我处聊天，他告诉我，他们正在编选一本《现代作家国外游记选》，他本人选注了两封傅雷写的信。询问之下，正是傅敏和我踏破铁鞋无觅处的《法行通信》。子善同志给我带来的快乐，不亚于二十多年前我买得那本小旧书时。[1]

---

[1] 吴德铎：《〈傅雷家书〉的故事》，《文心雕同》，上海：学林出版社，1991年，第164页。

使人意想不到的是,吴先生发表的最后一篇写傅雷的文字,竟然引起了责难。这篇文章题为《也谈傅雷的误译》,刊于1992年2月22日上海《文汇读书周报·书人茶话》,讨论傅雷对别人批评他误译的态度。引起责难的是此文的最后一段,照录如下:

据傅雷说,杨绛女士曾经介绍杨必女士向傅雷学习翻译的技巧,杨必女士译的第一本书《剥削世家》,傅雷可能出过些力,可是等到《名利场》出版后,傅雷经过认真校读后,在和朋友谈翻译时,竭力推荐这个译本,公开肯定杨必女士后来居上,"我(傅自称)不及她。"60年代以后凡是向傅雷请教翻译的,答复几乎都是:请将《名利场》的原书与译文对照细读,便可曲尽其妙,不必问我,我不及她。后来居上……。相信凡是那时与傅雷有过这方面接触的都可以证明,傅雷当年确实是这样想,这样说和这样做的。

杨必是杨绛先生的妹妹,她翻译的第一本书《剥削世家》是爱尔兰女作家埃杰沃斯(1766—1849)的名著,1953年5月由上海平明出版社初版,1955年12月北京作家出版社新1版。而杨必翻译的英国作家萨克雷(1811—1863)的名著《名利场》(上下),1957年5月由人民文学出版社初版,吴先生说的傅雷高度肯定的萨克雷《名利场》译本应该就是这个译本。

不料杨绛先生读到吴先生这篇小文后,大为不满。写了一信刊于 1992 年 3 月 21 日《文汇读书周报》同一版，全信如下：

文汇读书周报编辑部：

　　1992 年 2 月 22 日贵报载吴德铎先生《也读傅雷的误译》一文，提及我与杨必，想是误传。我从未像文中记傅雷自说的"介绍杨必女士向傅雷学习翻译的技巧"。杨必译《剥削世家》"傅雷可能出过些力"一语，缺乏事实根据。傅雷专攻法语；杨必专攻英语，所译《剥削世家》和《名利场》皆英文经典。她有疑难便来信向我们询问。特此奉闻，即颂
编安！

杨绛
二月二十六日

　　杨先生此信虽写得客气，意思却很明白，吴先生所说不可靠，杨必译书如有疑难必询问钱杨夫妇俩，不可能去请教傅雷。此信发表时，吴先生已于当年 3 月 1 日因急病逝世，不可能见到这封信，也不可能再回应。当然，这封信也未收入《杨绛全集》。

　　但是，杨先生的责难仍然存在，这个问题仍然存在，到底吴先生所说是否符合事实？廿四年后，吾友安迪兄在 2016 年 11 月 27 日《东方早报·上海书评》发表《不可靠的回忆》，援引傅雷本人 1950 年代初致香港宋淇先生的信多通，证实吴先生所说一件不虚。其中 1953 年 2 月 7 日致宋淇的信说得最详细，

也最有力：

> 杨必译的《剥削世家》初稿被锺书夫妇评为不忠实，太自由，故从头再译了一遍，又经他们夫妇校阅，最后我又把译文略为润色。现在成绩不下于《小癞子》（杨绛译——笔者注）。杨必现在由我鼓励，正动手译萨克雷的 Vanity Fair，仍由我不时看看译稿，提提意见，杨必文笔很活，但翻译究竟是另外一套工夫，也得替她搞点才行。①

安迪兄此文发表时，杨绛也已去世半年了。傅雷自不会无中生有，向好友宋淇如此自吹自擂，这绝不是他的性格。从信中可以确知，杨必译的《剥削世家》，傅雷确实"把译文略为润色"也即吴先生所说的"出过些力"，而杨必译《名利场》，也是傅雷出的主意。

我现在再公布一个新的证据，以进一步证实吴先生的回忆是完全可靠的。傅雷自己就藏有萨克雷《名利场》第一部，为纽约花园城出版公司1937年版精装本。傅雷在此书前环衬钤有"怒庵"阴文印，在扉页又钤有"傅雷"阴文印，并用毛笔端正地写上"傅雷藏书"四字，可见他对此书的喜爱。书中又有傅雷阅读时留下的红笔、蓝笔和铅笔划线、各种记号和英文单

---

① 傅雷：《傅雷著译全书》第26卷，上海：上海远东出版社，2018年，第206页。

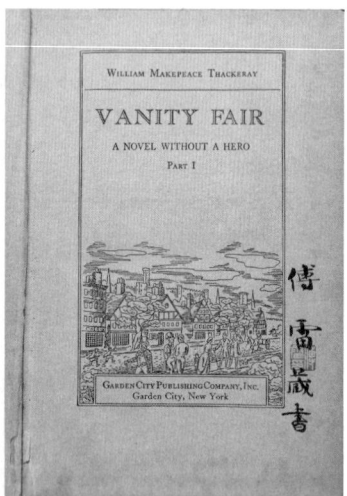

吴德铎先生藏傅雷藏书封面及扉页

词。由此足可证明，傅雷读过《名利场》，他对杨必所译《名利场》"不时看看译稿，提提意见"，也就是一点也不夸大的实情了。同时也能证明：傅雷并非"专攻法语"，应是法文英文俱攻，法文第一、英文第二。

傅雷藏《名利场》第一部，后来归了吴先生。1991年底的某一天，我去吴先生家，先在底层客厅聊了一会天，他告我不久将移居澳大利亚（他女儿已定居澳大利亚）。我随口问了一句：你的藏书怎么办？他就带我到二楼的亭子间，打开门一看，一房间的书。他表示：一些工具书、常用书之类会带走，其他准备处理掉。回到客厅后，他就说要送我两本书，随即自己再上楼，拿下来两本书，一中一西，"西"就是这本傅雷旧藏《名利场》。这真是喜从天降，简直不敢相信，他却说：你喜欢傅雷，研究傅雷，这本傅雷的旧藏就送给你留个纪念。另一本"中"是《过庭百录》线装本，应是吴先生1980年代初得之于上海旧书店，书价0.80元，书已有些破损，封面上毛笔所书的"过庭百录 一九八五年七月三日 乙丑年五月十六日重订"，应出自吴先生本人手笔。

吴先生为何赠我《过庭百录》？当时以为是两人聊天时谈起过叶恭绰、叶公超叔侄俩之故，后来想想，恐怕不那么简单。文言的《过庭百录》是近代学者叶恭绰1942年自印的一本小册，系他记录的乃父叶佩瑸生前隽言，他在小册末尾附记中说得很清楚："吾父言行非仅私于一家一人，而不肖于无可显扬之中取吾父至言公之于世，使后生小子进德修业知所取，则庶

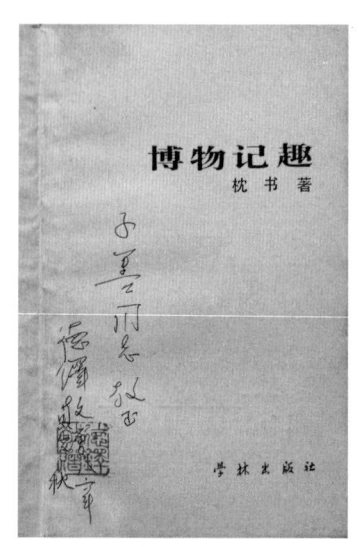

枕书赠陈子善的《博物记趣》

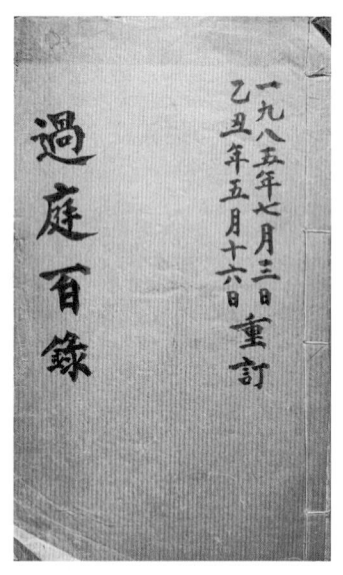

吴德铎先生赠陈子善的《过庭百录》

不背吾父诲人不倦之旨，抑亦困厄流离中所稍可引以自慰者欤。书凡百则，故命名《过庭百录》云尔。"不妨摘录几则如下：

好名不是坏事，但不可殉名。

学问之大用在致用，在变化气质，如二者不能到，则所谓学问乃是装饰，徒取以惊俗悦众而已。甚且以之作奸犯科，害人误国，则亦何取此学问乎？

文字须有真见地与真性情，凡门面语宜刊落净尽，否则八股而已。

做文字必须真切，否则浮词虚套，何用之有？

文字须从左传庄列史汉文选入手，由源及流，千万不可只看近代作品，所谓取法乎上也。

由此看来，吴先生赠我《过庭百录》，应还有希望我这个"后生小子"有所追求，有所进取，有所为有所不为，也就是他所说的"褒奖、鼓励和期待"之意吧？

吴先生走得很突然，我都来不及向他告别。他走时才六十七岁，还有多少精彩的枕书"博物识小"系列没写啊。令人稍感欣慰的是，枕书的藏书终于漂洋过海，由其女儿捐赠给澳大利亚某大学，嘉惠海外研究中国文化的莘莘学子了。

（原载2021年8月《传记文学》总375期）

冯铁五周年祭

英年早逝的欧洲汉学家劳尔·戴维·冯铁（Raoul David Findeisen，1958—2017）是我的同代人，比我小整整十岁。我原以为冯铁应该是德国人，后来问他，才知他出生于瑞士，到底属于哪国国籍，我至今不明白。

改革开放以后，研究中国现代文学的人，与其他人文社科领域的学者一样，或早或晚，或多或少，大都与外国学者建立了学术联系，我当然也不例外。也许是研究对象的重合和研究方法的接近，我认识的日本学者比较多，与欧洲学者的联系就少了些。除了斯洛伐克的高利克教授、瑞典的马悦然教授、英国的卜立德教授和苏文瑜教授、荷兰的贺麦晓教授和意大利的史芬娜教授等，一时想不起还有哪一位了。国内读者可能更为

冯铁先生一岁至六十岁肖像照合集

熟悉顾彬教授（他还是冯铁兄的老师），我也认识，但谈不上深交。苏文瑜教授请我去了剑桥大学，史芬娜教授请我去了都灵大学，而请我去斯洛伐克考门茨基大学的就是冯铁兄。这三所大学在欧洲教育和文化史上可都是赫赫有名的。

我怎么认识冯铁兄的？记得是他先找上门来。在我看来，他对中国现代文学的痴迷比一般中国学者更甚。他不知道来过中国多少次，从北京到成都到上海到……，四处访书查资料寻同好，精力充沛，全力以赴，乐此不疲。首次见他，拿到他的名片，不禁对他的中文名字感到意外。上海有位书法篆刻名家邓铁（字散木，号粪翁，1898—1963），是祖父级前辈了，冯铁名字正好与他相同，有点好玩。我告诉冯铁此事，他哈哈大笑后马上说明，冯铁是他自取的，与邓铁无关。因他出生那年，中国正在大炼钢铁。我不得不佩服他对中国当代史也那么熟悉，他若问我1958年德国发生过什么重要的事，我一定瞠目结舌。

冯铁与我一见如故。他尊我为兄长，两人之间共同的话题很多，从各自关心的新文学作家，到这些作家的日常生活，从新文学稀见书刊到作家书信手稿，每次见面都可聊上半天还聊不完。他是到过寒舍拜访且在寒舍便饭的唯一一位欧洲学者，而且还是前后两次，第一次偕夫人一起来，第二次离异后偕新女友一起来，这是前所未有的，我们交往之密切由此可见一斑。他对上海家常菜表示赞赏，其实他最喜欢的是川菜。他喜抽烟，还自己卷烟叶。我这个人喜欢"三陪"：陪吃陪喝陪抽，因此抽过他自卷的纸烟,熏得够呛。我曾劝过他,少抽为妙,虽然我也知道瘾君子不会听。他很懂礼节,每到新年必寄贺卡,每次来访必送精美小礼物,知我爱喝咖啡,自然忘不了带些名牌咖啡,还要我当场就冲一杯品尝,给出评价后,方才露出满意的微笑。他也是一个细心的人,在上海路边见到一窝小奶猫,想到我爱猫养猫,马上拍照发我分享。之所以写下这些具体的生活细节,无非是要说明冯铁不仅是一位严谨的学者,也是一位充满生活情趣的可亲可爱的人。

2005年是我与冯铁接触频繁的一年。原因很简单,他到上海访学一段时间,我们有更多的机会交流切磋。是年2月21日我的日记云:"晚至图安大酒店访冯铁,谈现代作家手稿研究,又谈明年访问德国事。"一周后又记云:"傍晚至'莫泰'见冯铁,晚请冯铁在'美林阁'小酌,漫谈《李霁野文集》,文集中收了李致我的信,已忘。"3月12日,华东师范大学中国现代文学资料与研究中心与北京大学出版社合作,举办《二十世纪中国现代文学史料选》编选座谈会(此书后未编成出版——作者注),会议由我主持,开了一天,王晓明、袁进、张伟、王锡荣诸位都到会。冯铁也来了,他是与会的唯一外国学者,这个座谈会也就有了"国际性",有点"学术共同体"的味道了。当天我的日记云:"冯铁会后到寓小坐并晚餐,赠其《同学少年都不贱》毛边本等。"也是在这次会上,我介绍冯铁认识了王锡荣兄,促成了他俩以后颇有成效的合作。3月26日日记又云:"傍晚冯铁来,晚请冯铁在'一品全'小酌。"到了4

月1日,我请冯铁到我们的研究中心做了一场学术报告,当天我的日记记得较具体:"下午主持冯铁学术报告会,讲题《从系统和变迁看中国现代作家手稿》。会后陪冯铁至'丰子恺艺林'参观,得其赠丰氏画作Kiss复制品一帧。""丰子恺艺林"是丰一吟先生创办的出售丰子恺著作和纪念品的一个小店,就设在敝校中北校区附近的"天山茶城"里,我常去,现早已不存在了。冯铁在"艺林"里流连忘返,不但自己选购,还买下"Kiss"送我。"Kiss"小画虽是复制品,"丰子恺"阴文名印却是原章所钤。这帧小小的承载冯铁友情的丰子恺漫画至今还摆在我的书柜里。冯铁这次在敝校的演讲很可能不是他在中国的第一次,却很可能是他在中国演讲研究现代作家手稿的第一次,可惜讲稿没有整理出来。

正是因为冯铁兄也注重实证研究,尤其注重现代作家手稿研究,所以他很希望我俩有机会进一步合作和探讨。他原在德国波鸿鲁尔大学执教,但邀请我去鲁尔大学的设想因故未能实现。2009年他入职斯洛伐克布拉迪斯拉发考门茨基大学东亚研究所执教,并在奥地利维也纳大学汉学系客座。机会终于来了,2012年9月3日,我"得冯铁信,正式邀请11月25日访斯洛伐克"。我很快办好出国手续,不料临行前数日接冯铁电话,他已在北京,有许多事要办,来不及赶回维也纳迎接我,但他保证会安排好一切。这令我感到有点突然,不免忐忑,但箭在弦上,不得不发了。11月25日下午,我飞抵维也纳,果然有冯铁的考大同事马文博接机,驱车一个小时到达布拉迪斯拉发，入住考门茨基大学宾馆，很顺利。

第二天到考大见贝雅娜教授，她正式通知我：遵照冯铁吩咐，在他回考大之前，由她负责接待。于是，接下来的数天里，我给考大学习中国现代文学的学生讲张爱玲，在考大图书馆查阅安娜·多拉扎洛娃藏书，特别是钱锺书杨绛夫妇与多拉扎洛娃交往的资料；又赴布拉格参观捷克科学院鲁迅图书馆的普实克藏书，拜访查理大学的乌金教授和罗然教授，并在查理大学东亚研究中心讲"张爱玲接受史"，这些都是冯铁事先联系好的。我还无意中在布拉迪斯拉发发现了贝多芬同时代的钢琴家胡梅尔的故居，十分欣喜，因为胡梅尔正是我喜爱的作曲家。十天的生活紧张、新鲜而又充实。不过，贝雅娜教授私下也向我抱怨，冯铁怎么还不回来。

12月4日傍晚，冯铁突然出现在我面前，给了我一个紧紧的拥抱，并连声向我致歉，我当然很理解他的忙碌。可能是要给我更大的惊喜，他当晚就领我去拜见德高望重的斯洛伐克科学院高利克教授。高利克的书房很雅致，悬挂着饶宗颐书赠的集句联："兰卮献时哲（谢灵运句），山水含清晖（李吕句）。"老人家设家宴款待我们，同席还有他的孙女、说一口流利中文的魏白碧。饭后我们边喝红茶边聊，直至夜深尽兴才告辞。

我与高利克教授已经是第二次见面了。2009年11月，他到上海，我主持了他在敝校"思勉人文讲座"的演讲《布拉格学派和中国现代文学》，获益良多。所以，当晚我们的漫谈仍从"布拉格学派"和普实克说起，也谈到了他自己的研究史。

他向冯铁和我出示了他的"宝贝"——茅盾 1950、1960 年代写给他的亲笔信,以及经茅盾修改补充的他的旧作《茅盾传略》手稿,还出示了严文井、陈则光等给他的信札。他还回忆了与索因卡和王蒙等中外作家的交往,坦率、幽默、又激情四溅。高利克对他留学过的中国充满感情,称我为"同志",临别时还哼起了《义勇军进行曲》。冯铁自始至终对高利克毕恭毕敬,他虽然不是高利克的学生,但我看得出来他对高利克是执弟子礼的。送我回宾馆的路上,他明确告诉我:老头子学问好,又可爱,我很喜欢他。

冯铁马上规划我的维也纳之行。12 月 8 日,我从布达佩斯到维也纳,冯铁安排我入住他寓所附近的 Baltic 旅馆,进门大厅里有头大木雕卧狮,惟妙惟肖,吓我一跳。此处原是 1920 年代末奥地利总理的官邸,颇具历史沧桑感。次日晚,冯铁在家中请我品尝他亲自煮的维也纳焖牛肉,比我想象的可口。饭后翻阅他的丰富藏书,其中我特别感兴趣的是普实克译《呐喊》捷克译本,鲁迅 1936 年 7 月 21 日大病初愈后为之作序,书前有序文手迹影印。此书 1937 年才问世,鲁迅已不及亲见;还有匈牙利特科伊(Tökei)在 1956 年"匈牙利事件"后翻译出版的《野草》译本。这大概是鲁迅这两部名著在中欧最早的译介传播。冯铁又送我他的《在拿波里的胡同里:中国现代文学论集》(2011 年 1 月南京大学出版社初版)改正本。他这本论文集很扎实,书中他对汪静之、敬隐渔、章衣萍和吴曙天,还有张兆和等文学创作的研究,尤其令我激赏;对欧洲首篇研究鲁

冯铁先生的著作

迅博士论文的发掘、对现代文学中的"时间运用"的论证,还有对现代文学情书文体兴衰的梳理,也都令我印象深刻。当晚的长谈就从此书最后一篇长文《由"福特"到"雪铁龙":关于茅盾小说〈子夜〉谱系之思考》开始。此文及其两篇附录,都围绕《子夜》的创作提纲和手稿而展开,有不少新的发现。冯铁向我表示,自己以往的学术兴趣很广泛,今后一段时间打算集中精力研究中国现代作家的手稿。他越来越为中国现代作家的手稿所吸引,想写一本专门研究作家手稿的书,选定若干作家的若干部作品手稿,从不同的角度进入探讨……他希望将来这部书完成后,我能为之作序。我为他这个大胆的计划拍手叫好,并告诉他,就是在中国,现代作家手稿研究也刚起步不久,他山之石可以攻玉,很期待他的这部新著。

回国前还有最后一个颇有意思的节目,那就是12月10日回到布拉迪斯拉发后,冯铁执意要我去他的另一个位于布市近郊的藏书库参观。他很得意自己把一个废弃的仓库改造成了全新的大书库,将之命名为"捷芗庐",认为我不坐一坐看一看一定会后悔。我和他以及贝雅娜教授在"捷芗庐"里消磨了一个下午,书库外大雪纷飞,书库里却是友情浓浓。这个书库真是令人叹为观止,书墙高耸,插架琳琅,可以想见,冯铁在此坐拥书城、埋首书卷的情景。而今他已离开我们整整五年,不知"捷芗庐"安在否?

回国以后,冯铁继续与我保持密切的学术联系。2013年他在维也纳大学汉学系主办"中国的八十年代——文艺变迁"学术研讨会，连发三信嘱我到会助阵。但我对1980年代的文学创作缺乏研究，不能滥竽充数，就没有去，有负他的雅意。2014年8月，首届"中国现代作家手稿及文献国际学术研讨会"在上海鲁迅纪念馆召开，冯铁理所当然地到会，并宣读论文《汪静之晚期写作手稿的bricolage》，其时他与我都已是王锡荣兄主持的国家社科研究重大项目"《鲁迅手稿全集》文献整理与研究"课题组的成员，进一步携手合作研究了。2015年9月，第2届"中国现代作家手稿研究国际学术研讨会"在上海交通大学举行，冯铁再次理所当然地到会，宣读论文《早期合作证据：周作人译、鲁迅校〈神盖记〉手稿考——鲁迅校对过程有无查过原著德译本》。显而易见，这位飞来飞去忙得不可开交的仁兄并未食言，忙中仍在潜心研究中国现代作家手稿。他这项富有意义的工作正在稳步推进，成果不断。

创刊于2009年8月的《现代中文学刊》是我主编的，"学术委员会"特聘了四位外国学者，即美国的胡志德、日本的千野拓政，以及斯洛伐克的高利克和冯铁，我认为他们都是当之无愧的。冯铁自己也主编《斯洛伐克东方文学研究》丛刊，每期都送我。可以想见，他对我主编的《现代中文学刊》兴趣甚浓，曾自告奋勇为《学刊》组过稿。他去安徽绩溪考察，还拍下"五四"诗人汪静之故居的照片发给我，建议《学刊》封底作家故居专栏刊用。当我希望他把探讨周氏兄弟合作翻译的匈牙利作家米克沙特著《神盖记》（现通译《圣彼得的伞》）手稿的论文交给《学刊》发表以光篇幅时，他二话没说，愉快地

2016年9月上海交通大学第三届中国现代文学手稿学国际研讨会合影，左起前排：刘云、施晓燕、王宇平、张蕴艳、乔丽华；后排：王锡荣、郜元宝、陈子善、冯铁、冯铁夫人、符杰祥、黄昌勇。

应允了。这篇论文他修改后在2015年11月布拉克查理大学的第九届捷克和斯洛伐克汉学家年会上再次宣读。但他实在太忙了，最后改定的英文稿发给我时已经到了2017年元旦。他的信是这样的：

子善兄：

竟然细细地写完报告，所有会发生术语的地方提供中译。如翻译过程还有问题，请叫译者随时与我联系。文章后提供图片说明，把资料分开发，先有文字（DOC与PDF方式），后来图片（按照数量更分）。

请原谅发得那么迟，并祝全家
新年快乐！

弟　冯铁上

其实，冯铁此时已经患上绝症了，他自己可能并不知道。2017年开年后不久，他被确诊，而我依旧不知。他这篇论文写得十分用心，虽然不算深奥，却很复杂。物色译者花了不少时间，后来译者怎么跟他联系的，我不清楚，但我得到中文译稿时，他已病入膏肓，我仍然不知道，还在为刊登时如何处理文中许许多多黑灰色和方柜的符号而犯愁。直到他的噩耗传来，我才发觉自己的拖延铸成了一个大错，如果及时刊出此文，这给重病中的冯铁该是一个安慰。然而，悔之已晚，我只能在

《学刊》2018年第1期将这篇《未被倾听的声音：论周作人译、鲁迅校〈神盖记〉手稿》作为冯铁的"遗作"发表。同时，该期"纪念冯铁先生"专辑还刊出王锡荣兄的《冯铁没有死，他进入了新生活》和《在拿波里的胡同里》译者之一的史建国兄的《甘居"主流之外"的汉学家：怀念冯铁先生》两文。这是继夏志清先生逝世纪念专辑后，《学刊》刊发的第二位海外学者逝世纪念专辑，大概也是国内唯一的冯铁逝世纪念专辑。冯铁如泉下有知，当原谅我的不应有的疏忽和感到些许欣慰吧？

冯铁兄精通英、德、中等多国文字，才华横溢、学识出众，又勤奋刻苦、著编颇丰，还为中国的现代文学研究界与欧洲学者的学术交流，也即现在所谓的"学术共同体"尽心尽力，如天假之年，必有更大更令人瞩目的成就，高利克教授就曾亲口对我说过他对冯铁的高度欣赏。万万没有料到的是，冯铁那么早赍志而没，确实太可惜，太可惜了。他还有那么多新的研究计划没有实现，他的不在"主流"之内实际上却在引领学术潮流的研究中国现代作家手稿的新著也远未完成，都令人扼腕叹息啊。冯铁在中国学术界有不少志同道合的朋友，我不敢谬托他的知己，在他逝世五周年纪念之际，只能写下这篇祭文，略记与他的交往始末，以寄"常怀无已"之情。

二〇二二年三月廿五日于海上梅川书舍

（原载2022年5月《传记文学》总384期）

下编

感恩徐中玉先生

2019年6月25日上午惊悉徐中玉先生凌晨仙逝。中玉先生已高龄105岁，近年又长期住院，他的离世我虽已有思想准备，仍陷入深深的悲痛中。

中玉先生早年醉心新文学创作，文思泉涌，不但写散文、写文史小品，还参与多种文学副刊的编辑。他抗战前的作品曾结集《芭蕉集》，王统照和老舍作序，惜未能出版。抗战以后，他转入文学研究和教学工作，古典和现代文学双管齐下，成就斐然。他先后在中山、沪江、同济、复旦诸大学中文系担任"现代文学"课程的教学，1950年代初在华东师大中文系主讲"现代中国文学"。我手头有一本他题签的《鲁迅生平思想及其代表作研究》，1954年1月上海自由出版社初版，2月即再版，可见受欢迎的程度。此书列为他的"现代中国文学作家与作品研究"第一卷。中玉先生当时有一个很大的研究计划，第二卷将研究茅盾、叶绍钧、夏衍、巴金、老舍、张天翼、沙汀等七位重要作家，第三卷则将研究丁玲、周立波、赵树理、刘白羽、柳青、杨朔、马烽等作家，而且均已写出初稿，但后来因研究重心转向古典文学而未能定稿问世。

约自1950年代中期起，中玉先生埋首中国古代文论研究和苏轼研究，因被打成"右派"和"文革"而被迫中断二十年，但他身处逆境时仍然沉潜向学，还积下数万张读书卡片。改革开放以后，他重新握管，著书立说，先后出版《论苏轼的创作经验》《古代文艺创作论》《现代意识与文化传统》《激流中的探索》等著作，还创办《文艺理论研究》，创下90岁仍在主编学术杂志的中国记录。尤其值得称道的是，他率先主持编选《大学语文》教材，殚思竭虑，反复修订，不断完善。他强调大学生必须学习文言文，必须读点文学，强调"中国传统优良文化"教育的重要性和必要性，这是极富远见的，影响深远。

我1976年2月起在华东师大中文系任教，中玉先生1978—84年出任中文系主任，我正好在他领导之下。在他任内，曾有过一次决定青年教师去留的专业考试。当时中文系像我这样培训班出身的青年教师仅我一人，我是否应该参加考试，自己都不知道，忐忑不安地问中玉先生，他严肃地说："当然要，你也要考!"于是我抓紧时间准备迎考。考完之后，见到中玉先生，他笑眯眯地对我说："小陈，你考得不错，通过了!"我这才如释重负。可以毫不夸张地说,中玉先生对我有"知遇之恩"。

中玉先生思想解放,锐意改革,他对后辈的关爱,更可从他主张大学中文系要重视文学创作,学生如有志于创作,可以作品(小说、诗歌等)代替毕业论文,成绩优秀者,同样可以获得学位这一点上充分体现出来。这个创新举措是大胆的,也是超前的,大大有助于有名的"华东师大作家群"(包括已故的沙叶新、戴厚英,在香港的古剑,以及现在活跃在内地文坛的孙颙、赵丽宏、王小鹰、陈丹燕、刘观德、南帆、宋琳、徐芳、格非、李洱、毛尖等作家)的形成和发展,至今仍有其启示意义。

中玉先生用105年正直、仁勇、兼爱和追求不息的生命历程实践了他自己在《论勇敢的表现》中所说的话:

发真的声音,说真心的话,忘掉了个人利害,推开了一切阻碍进步的因袭俗滥的规矩习惯老调,大胆地说话,勇敢地表现……如果能够做到这样,文学将成为"世界的努力",岂止干干净净去了陈言而已!

(原载2019年6月30日香港《明报·世纪》)

饶宗颐先生赠诗

2018年2月6日晨惊悉饶宗颐先生在港驾鹤西去，享年102岁。不久前他刚到过巴黎，原以为老人家仍然康健，可以创造中国人文学者长寿的新纪录。

作为驰名海内外的汉学泰斗、文学家和书画家，饶公创造的新纪录很多很多，在20世纪中国人文学术史上特别辉煌耀眼。翻开他的巨著《饶宗硕二十世纪学术文集》，就可知他的治学兴趣之广、成就之大。他学贯中西古今，遍及上古史、甲骨学、简帛学、经学、礼乐学、宗教学、楚辞学、史学、敦煌学、方志学、目录学、古典文学、中国艺术史及中外文化关系等众多门类，令人叹为观止。单是甲骨学，选堂（饶公的号）就是继观堂（王国维）、雪堂（罗振玉）、鼎堂（郭沫若）和彦堂（董作宾）之后又一位公认的大家。他在字画和文学创作（包括旧体诗词和学术随笔等）上的造诣，也非一般所谓名家所能及。可以毫不夸张地说，在 20 世纪中国学术史上，饶公是一位极为难得的百科全书式的通人，是著作等身的一代国学宗师，人称"业精六学，才备九能"，誉其是"整个亚洲文化的骄傲"，用他老人家自撰对联，那就是"天地大观入吾眼，文章浩气起太初"是也。

我与饶公仅有数面之缘。第一次是二十三年前的事了。那年我到港开会，会后由已故香港文史专家方宽烈先生引领拜访饶公，在饶公府上聊了一个下午，真是人生一大快事。这次请益，具体说些什么，大都已不复记忆，只记得我说拜读了他在《明报月刊》上连载的学术随笔（后结集为《文化之旅》），受益匪浅。他很高兴，说有时间的话，会继续写，还对我在《明报月刊》发表诸文当面表示鼓励。饶公侃侃而谈，使我这个才疏学浅的后辈如坐春风。告别之前，我斗胆向饶公求字，大概他觉得我这个后生尚可教，竟一口应允。返沪不久，我就收到方先生转来的饶公行书诗笺：

极意春阴护短红。东来细雨复潆潆，须臾海市见垂虹。断碧波分鸦背外，踏青影落马蹄中。故山风物将毋同。
子善教授正拍　选堂录旧作浣溪沙　乙亥（饶宗颐阴文名印）

查 1978 年 1 月香港"选堂先生诗文编校委员会"印行的

《选堂诗词集》，这阕《浣溪沙》被列为"选堂乐府"第一辑《固庵词》之首，为《春晚》两阕之一，的的确确是"旧作"，也可能是饶公自己比较满意的一阕乐府，故手书赠予后学。

与饶公再见，则要到四年之后了。那年香港天地图书公司尖沙咀门市部择吉日开张，我正好又在港，得以躬逢其盛。那天我提前到店，不一会儿饶公和金大侠查先生先后驾临，我因此有幸与香港文化界两位有代表性的前辈一起聊天。饶公开口就说：我们认识的，可见老人家记忆力之强。查先生首次见面，他说：董存爵文章中提到过你，我知道。天地孙立川兄不失时机，抓拍了饶公、查先生和我三人的合影，从而成为我的一个至可宝贵的纪念。

此外，我还见过一次饶公。2012年6月28日，"海上因缘：饶宗颐教授上海书画展"在上海美术馆隆重开幕，那天海上学界艺苑到会祝贺者之多，盛况空前，场面热烈拥挤，我无法趋前向饶公请安，只能请其助手苇鸣兄代为转达问候。看到饶公精神矍铄，虽未能直接交谈，仍深感欣慰。

饶公学问博大精深，我远远未能窥其堂奥，不敢妄评，只能写下我与老人家数次见面的一鳞半爪，以寄托我对饶公的尊崇和哀悼之情。

（原载2018年2月11日香港《明报·世纪》）

忆金大侠查先生

1999年4月，我在香港。那天到天地图书公司拜访时任"天地"副总编辑的孙立川兄，他说你来得正好，明天"天地"尖沙咀门市部开张，你能参加开幕式否？他还告诉我，查（金庸）先生和饶宗颐先生都会到场。这对我当然是个大好消息，饶先生已经拜访过，查先生还无缘拜见，借此机会正可请益。

第二天上午十时半，我就赶到尖沙咀门市部，过了一会，立川兄也到了。近十一时，查先生和饶先生同时到达。饶先生记忆力真好，一眼就认出了我。立川兄向查先生介绍：这位是上海来的陈子善。查先生笑了，说：噢，陈子善，我知道，董存爵文章中提到过你，我也读过你的文章。我想，这后一句，应是指《明报月刊》发表的拙作。我们四人聊了一会天，立川兄不失时机地拍下了我与两位前辈难得的一瞬间。可惜我当时忘了找一本查先生的武侠小说请他签名，事后懊悔不已。直到数年后加拿大一位查先生老友检出他所藏的查先生签名本赠我，才稍稍弥补了这个缺憾。

我与查先生仅此一面，却难忘。我写过一篇小文，介绍查先生早年以林欢笔名出版的《中国民间艺术漫谈》。此书1956年10月由香港长城画报社出版。感谢董桥先生送我这本小书，让我知道了查先生在脍炙人口的武侠小说和犀利的政论社评之外，还有另外一副同样也是了不起的散文笔墨。书中对1956年6、7月间"中国民间艺术团"莅港演出的歌舞和京剧节目，对1954—1956年间在香港上映的中国传统戏曲电影，都作了精彩的点评。不妨再次引用查先生评论电影《梁山伯与祝英台》一文的起首：

在我的故乡杭州一带，有一种黑色的身上有花纹的大蝴蝶。这种蝴蝶飞翔的时候一定成双作对，没有一刻分离。在我们故乡，就叫这种蝴蝶作"梁山伯、祝英台"。这种蝴蝶雌雄之间的感情真是好到不能再好的地步，小孩子如果抓住了一只，另外一只一定在他手边绕来绕去，无论怎样也赶它不走。大概在我六七岁的时候，家里人看着这对在花间双双飞舞的美丽的蝴蝶，给我讲了梁祝的故事。这是我第一次知道世间有哀伤和不幸。

写得多么细致、平实而又生动，引人遐思。我这篇小文在南京《东方文化周刊》刊出后，引起了南通一位"金迷"的注意，他托人找到我，希望得到《中国民间艺术漫谈》的影印本，我满足了他的要求，我们从此订交。而他后来也找到机会，请查先生在这册影印本上签名留念。这一切，不都是源于查先生文字的魅力吗？

查先生曾巧妙地将其十四部武侠小说每部书名中选出一个字集成七言对联："飞雪连天射白鹿，笑书神侠倚碧鸳"。我一直认为，查先生执 20 世纪中国武侠小说之牛耳，他的武侠小说不仅是香港文学史至关重要的组成部分，也是世界华文文学史中不可或缺的灿烂篇章。然而，在查先生所营造的使无数人入迷的武侠世界之外，像《中国民间艺术漫谈》这样抒发真情实感的散文集，在全面评估查先生的文学历程时，也是不应被遗忘的。

查先生以 94 岁高龄谢世，世间再无金大侠。但我相信，他在文学、政论和新闻出版等众多领域里划时代的杰出建树，一定会不断被后人研读和探讨。书比人长寿！

（原载 2018 年 11 月 11 日香港《明报·世纪》）

姜德明先生给我的四通信

书话家、藏书家、编辑出版家姜德明先生 2023 年 5 月 26 日在北京溘然长逝,噩耗传出,天人永隔,深感悲恸!我 1980 年代初有幸在京结识姜先生,四十余年来,一直得到姜先生的提点和帮助。现检出姜先生致我的论学短简四通公布,并略作解说,以纪念这位我极为敬重的文坛前辈。

一

子善兄:

我编的《北京乎》续即将发稿,马彦祥二文仍无着落,望代觅并复印二文为盼。均载《文艺新闻》,29 期(1931.9.28)

1989年8月18日摄于北京,左起:陈子善、姜德明、唐弢和秦贤次。

为《北平的翻版书之盛》,42期为《旧都之出版魔窟》。出书后,当奉赠一部。估计40余万字。出版社肯印亦好事也。

又,便中望电话告知墨炎兄,夏衍书稿我已催沈宁,近日可编好,即寄出。多谢!

《与巴金闲谈》已编就,寄呈陆灏兄了。

你们的计划进行得顺利吗?祝

好!

姜德明

96.4.29

姜先生著作等身,编书并不多,但编则颇有水准。他应范用先生之邀为北京三联书店编选《北京乎:现代作家笔下的北京》(上下),1992年2月出版后"读者很喜欢,视为经典之作"。在此基础上,他起意再编续集,故在此信中嘱我代觅戏剧家马彦祥两文,记得我照办了。续集后于1997年8月由北京出版社出版,书名改为《如梦令:名人笔下的旧京》,厚达46万字。经查对,姜先生只选用了《北平翻版书之繁昌》一文。

关于姜先生又嘱"电告"海上另一位书话家倪墨炎先生事,当为编选《夏衍书话》,系姜先生主编"现代书话丛书"之一种,后于1997年12月由北京出版社出版。

姜先生著《与巴金闲谈》是时为文汇出版社编辑陆灏兄的约稿,后于1999年1月由文汇出版社出版。此书既是动人的散文集,也是研究巴金的重要资料,后来先后由香港文汇出版社和四川文艺出版社出版了增订本。

二

子善兄：

大著两种及叶集三册均妥收，谢甚！

这些年你的成果公见，甚佩。

凌叔华的散文，百花版的缺失极多，应该有个较全的版本。知你正为此尽力，未知何时可以出版？

我有两本书正在印刷中，明年初当可问世，届时即奉呈求教。近时正在忙什么？便中多联系。致
礼！

姜德明
98.11.24

信中所说"大著两种"当为拙著《文人事》和《生命的记忆》，而我在内地出版的第一本书《捞针集：陈子善书话》就是姜先生写的序。"叶集三册"指拙编《叶灵凤随笔合集》三种，1998年8月由文汇出版社出版。姜先生一直关心叶灵凤作品的整理出版，他自己也编选了叶灵凤散文选《能不忆江南》，还请香港卢玮銮教授编选了《叶灵凤书话》，收入他主编的"现代书话丛书"。

天津百花文艺出版社1986年4月出版了诸孝正编《凌叔华

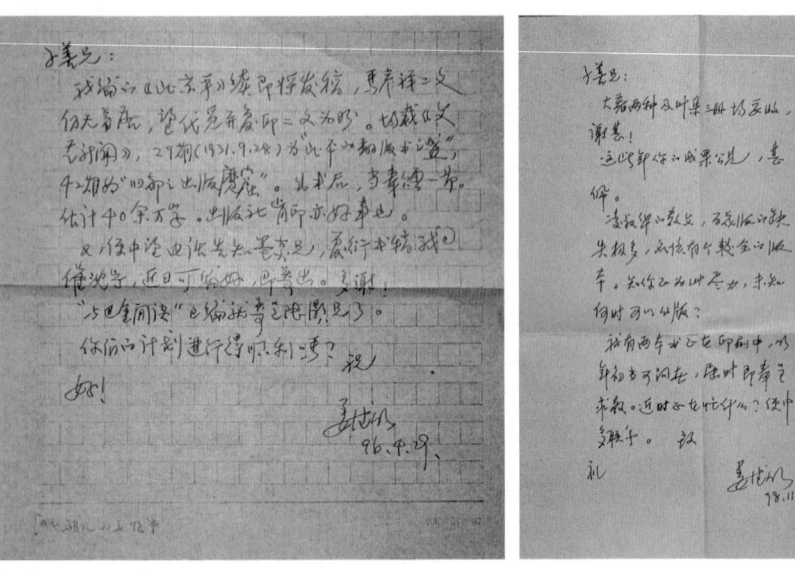

姜德明致陈子善四函（上）

散文选集》，姜先生显然对之不满意。我当时确有搜集并新编凌叔华散文集的想法，故姜先生在信中有此一问。但我得知老友陈学勇兄也正在从事这项工作后，就未再继续。陈学勇编《凌叔华文集》（上下）1999年4月由四川文艺出版社出版。

姜先生所说的"两本书"，当指《不寂寞集》和《书坊归来》，前者1999年1月北岳文艺出版社出版，后者同年3月山东画报出版社出版。

三

子善兄：

与兄在舍下畅谈为快，承赠新作，即放下手边杂事翻读起来。

书中的《知堂藏曼殊三书》引起我的兴趣。我藏有广益书局此书全套，共七本，1929年7月作为"曼殊小丛书"出版。除你提到的三种外，另4种为《曼殊笔记》、《曼殊小说A》、《曼殊小说B》、《曼殊小说C》。当年购于上海书店，仅用1元5角。我也是旧习难改，愿将书事相告，也许你都了解。正是由于你的介绍，我更加注意这七册小书了。

匆祝

近安！

姜德明
2013.10

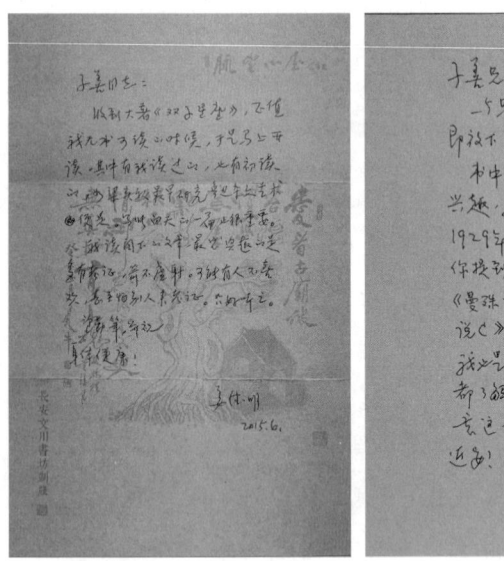

姜德明致陈子善四函（下）

2013年10月下旬，我到北京参加金宇澄兄的长篇小说《繁花》研讨会，10月23日下午由杨小洲兄陪同拜访姜先生。姜先生那天兴致很高，出示多种珍藏，使我们大开眼界。我在日记中较为详细地记下了当时的情景：

姜已84岁，谈兴颇浓，又取出1941年11月5日出版的延安诗刊社编《诗刊》创刊号（艾青主编，发表乔木、艾思奇、郭小川、吴伯箫等诗作或译文，还有亚里士多德《诗学》摘译，仅出一期）、叶圣陶早期四篇散文重裱本（有冰心、钱锺书等多人题词）、韩羽的画、李公朴签名本《民主生活》等供我们观赏。还有50年代他观话剧《屈原》的说明书和入场券，也颇难得。他剪贴的高伯雨香港专栏文也有厚厚一册。得姜赠《孙犁书札：致姜德明》。

姜先生信中所说的"与兄在舍下畅谈为快"，正是指这次拜访请益。信中所说"新作"指拙著《不日记》初集（2013年7月山东画报出版社出版），书中所收《知堂藏曼殊三书》一文，介绍张铁铮先生赠我的《曼殊诗文》《曼殊手札》和《曼殊轶事》三本小册，为周作人当初赠张铁铮者，书上均钤"周作"印。姜先生读了此文，就在信中告我，这三本小册属于"曼殊小丛书"，这套丛书还有另外四种，共七种。而我孤陋寡闻，还不知道，真要感谢姜先生。

四

子善兄：

收到大著《双子星座》，正值我无书可读的时候，于是马上开读。其中有我读过的，也有初读的，如梁实秋最早研究鲁迅杂文艺术便是。写张向天的一篇也很重要。

我读阁下的文章，最感兴趣的是，多有考证，箭不虚射。可能有人不喜欢，甚至怕别人来考证。只好听之。

望勤笔，并祝

身体健康！

姜德明

2015.6

拙著《双子星座：管窥鲁迅与周作人》2015年5月由中华书局出版，收入到那时为止我所写的关于周氏兄弟的长短文章。之所以及时寄奉姜先生，是因为书中不少篇，如《评价鲁迅的四篇重要文字》《为鲁迅刻名印的刘小姐》等，当初都是得到姜先生赏识，经姜先生之手在《人民日报》《大地》等刊发表的，也即姜先生信中所说"我读过的"。而他对我《研究鲁迅杂文艺术第一人——梁实秋》一文考证的肯定，对我分析香港作家张向天鲁迅研究得失的认可，也使我倍受鼓励。他在此信中对我的期许，我是不敢当的，但这已成为我继续前行的动力。

    姜先生给我的信，当然远不止上述四通。但从这四通信札，或已可从一个侧面窥见姜先生后期除了继续辛勤笔耕，仍一直在关注中国现代文学史研究，仍继续在思考如何整理现代作家的作品，也可看到他对后学如我者的指点和提携，以及他对中国现代文学文献考证的持久不衰的兴趣，这些都是难能可贵的。

    （原载 2023 年 10 月上海《点滴》总 89 期）

著作等身的范伯群先生

2017年12月10日晨,范伯群先生在苏州病逝,享年86岁。

范先生是苏州大学文学院教授,早年就学于复旦大学中文系,师从贾植芳教授。早在六十年前,他就和已故曾华鹏教授合作,在《人民文学》1957年5、6月号合刊发表《郁达夫论》,这是1949年以后内地首篇有分量的研究郁达夫的学术论文,堪称空谷足音。此后,范曾两位继续精诚合作,在鲁迅、冰心、鲁彦等现代重要作家的研究领域里辛勤耕耘,颇多建树。

改革开放以后,范先生执教苏州大学(原江苏师范学院)。由于苏州是近现代通俗文学的大本营,范先生当仁不让,自

1986年起，孜孜矻矻，一丝不苟，一直致力于中国近现代通俗文学史的研究。即便在退休之后，他仍四处寻访资料，笔耕不辍。三十多年来，他先后出版的关于近现代通俗文学研究的编著蔚为大观，择其要者有《礼拜六的蝴蝶梦》《中国近现代通俗文学史》《中国现代通俗文学史（插图本）》《多元共生的中国文学的现代化历程》《中国现代通俗文学与通俗文化互文研究》《鸳鸯蝴蝶（礼拜六派）作品选》《中国近现代通俗作家评传丛书》等。称范先生"著作等身"，恰如其分。

特别应该指出的是，范先生突破雅俗藩篱，重新审视通俗文学，强调20世纪中国文学"多元共生"，在20世纪中国文学史上，通俗文学和新文学"比翼双飞"，共同推进了中国文学的现代化进程。这些观点在提出的当时乃至今天，都振聋发聩，足资启迪。范先生并不是研究中国近现代通俗文学的第一个人，但他开辟了中国近现代通俗文学研究的新格局，大大改写了20世纪中国文学研究的版图，他对中国近现代通俗文学研究的贡献是划时代的。范先生同时提醒我们，他写中国现代通俗文学史，其目的就是要取消中国现代通俗文学史，因为"通俗文学"本来就是中国现代文学史必不可少的重要组成部分，中国现代文学史缺少了通俗文学这一大块，还能成其为现代文学史吗？主流的中国现代文学史著作严重遮蔽通俗文学成就的不正常状况再也不能继续下去了。李欧梵先生在范先生《中国现代通俗文学史（插图本）》序言中表示，"范伯群教授数十年来苦苦耕耘，务期将通俗文学从'逆流'的地位挽救出来，为之'平反'，并积极倡导雅俗文学'比翼双飞'的研究前景，令我钦佩万分。"此说深得我心。

早在 80 年代初，我就有幸结识范先生。可能因为我编过《郁达夫文集》和《郁达夫研究资料》，与他有同嗜，他很愿意与我交往。我们在苏州、上海、芜湖、北京等地多次见面。作为后学，我多次得到他的指点，也多次得到他的赠书。有时他也会来电，嘱我代为查找一些资料。2017 年 10 月左右，我们还一起参加苏州大学文学院主办的"第二届中国现当代通俗文学暨武侠文学研究研讨会"，一起参观苏州南社文献博物馆，留下了最后的合影，万没想到他这么快就离开了我们。

范先生已经远行，他在苏州的长眠之地将毗邻现代通俗文学大家周瘦鹃，附近还有画家吴湖帆、费新我和戏曲家吴梅。他与这些德高望重的文坛艺苑前辈为邻，一定不会感到寂寞。

（原载 2017 年 12 月 17 日香港《明报·世纪》）

忆林文月先生

2023年5月26日，中国古典文学研究家、日本古典文学翻译家、散文家林文月先生在美国加州溘然长逝。噩耗传来，当年与林先生交往的点点滴滴，不禁一一浮现眼前。

时间要追溯到整整三十二年前。林先生是"五四"新文学代表作家之一台静农的高足。台静农逝世后，林先生在1991年编选了《台静农先生纪念文集》，书中附录了台湾秦贤次先生与我合编的台静农著作编年目录。1995年，我编了《回忆台静农》，书中也收录了林先生写的《台先生和他的书房》《怀念台先生》等三篇关于台静农的文字。台静农主持台湾大学中文系二十余年，奠定台大中文系的学术传统，作育英才无数，他最为赏识的学生应该就是林先生。林先生深情怀念台静农的一系列文字，也成了研究台静农的重要文献，拙编当然不能不选。两年之后，我编《未能忘情：台港暨海外学者散文》，又选入林先生两篇文情并茂的散文《步过天城隧道》和《你的心情：致〈枕草子〉作者》。林先生的散文极好，编台港暨海外华人学者的散文选，假如遗漏林先生，那是不可想象的。这就是我作为研究台静农和台港暨海外学者散文的后学，与林先生最初的文字交。

第一次见到林先生，已到了2001年。那年11月，我应邀出席台湾大学中文系主办的纪念台静农百岁诞辰学术研讨会，终于有机会见到林先生。为避免记忆可能出现的差错，我摘引当时的相关日记以存真：

11月23日上午至台湾大学图书馆参加台静农百岁冥诞纪念学术会，见台益坚夫妇、台益公、林文月、郑再发、丁邦新、柯庆明等。……纪念会上，林文月、汪中、郑清茂诸位的发言均甚感人。……下午继续参加研讨，会后参观台大图书馆珍藏室和林文月手稿资料展。

11月24日下午……与林文月告别时建议其早日来沪，怀旧寻梦。

11月26日晚观看电视，××的"脱口秀"，竟对台静农百岁冥诞说三道四，称台静农为"堕落的学者"，"一年只写几页还算什么学者。"

11月27日致电林文月，读及××对台静农的人身攻击，林认为××乃"疯狗",不必置理。

有必要说明的是,林先生生于上海,在上海读到小学六年级才离开。我们之间是可以用上海话交谈的。也因此,我才会斗胆建议她有机会重回上海看看。而她对××的批评,也足以说明她的正直坦率和对恩师的严正维护。

我与林先生再次见面,是在 2009 年 4 月 13 日,她终于到上海旧地重游了。那年初她的散文选集《三月曝书》在上海人民出版社出版简体字本,承出版方美意,邀我在新书发布会上与林先生对谈。这是又一个向林先生当面请益的大好机会。我请林先生较为详细地回顾了她的散文创作历程,并就她提出的写散文也要善于"经营"的主张请她做了进一步的阐述。我还尊称她也是"上海作家",因为我认为她的创作、翻译和研究之路,其实都应视为是从上海起步的。林先生对这次对话应该说是较为满意的。回台北后,她先后惠寄我新散文集《写我的书》和新作《千载难逢竟逢:〈源氏物语〉千年纪大会追记》长文剪报,她同时还致我一信,原信照录如下:

陈教授:

这次难得的机会,在上海与大陆的读者们会见谈话,实在是意外的惊喜。更难得蒙您于百忙中为我的新书主导对谈,使谈话的内容更形活泼丰富,令我感铭于心。谨此表达由衷谢忱。

近日此地《联合报》副刊刊载了六段我追记去岁年终有关《源氏物语》千年记文章。附奉于此，尚望指正。即请

教安！

林文月　二〇〇九年四月十八日

此后，我再无机会与林先生见面请教，我知道她回了美国，但没有放下手中的笔。

在我看来，如要探讨林先生的文学功绩，她深深挚爱中文和中国文学，是必须强调的。林先生为保卫中文的纯洁性，为弘扬中国文学源远流长的优良传统和追踪中国文学对海外的深远影响，付出了毕生的精力。据她的学弟、于2023年初逝世的刘绍铭先生回忆，"她中学毕业时，同学一窝蜂报考台大外文系，她偏不服气，把表格上原来填好的'外文系'，用刀片刮去'外'字填上'中'字。"（刘绍铭：《生活可以如此美好：林文月自选集》导言）难怪她考入台大中文系攻读后，还出版了我喜欢的散文集《谈中文系的人》。林先生在台大中文系毕业留校执教三十五年之久，中文著译等身。她是台湾研究中国六朝文学的先行者，也是翻译《源氏物语》《枕草子》等日本古典文学名著的杰出中译者。她对文字特别讲究，曾经说过："文字，是鲜活的"，"文字本身仿佛有其神奇的能力，会将渺约的迢递的过去一点一点牵引回来，于是，许多遥远了的过去，又都在我眼前了，十分鲜明，十分生动。"（林文月：《写我的书》自序）确实，林先生的文字是鲜活的，无论论学、翻

陳教授：

这次難得的機會，在上海与大陸的讀者們會見談談，實在是意外的驚喜。更難得蒙您在百忙中为我的新書主辦對談，使談話的內容更形活潑豐富。令我感銘於心。漢此表達由衷謝忱。

近日此地報会報到刊連載了一段我追记去歲年終百聞《淨的故謙》半年祀之文章。举抢此，尚祈指正。印清

表安

林文月
二〇〇九年四月十八日

林文月先生致陈子善函

译还是散文创作，她的文字均不哗众取宠、不空话连篇，无论说古谈今、写人叙事，都是独出机杼，使人读之倍感亲切温馨，仿佛在与读者促膝谈心一般，也像她温文尔雅的待人接物一样。林先生的散文令我百读不厌，即便是写饮食的《饮膳札记》，也是文笔生动、情思悠远，充满人文气息。

林先生说过，"我喜欢很努力地过一辈子，很充实地经历各种阶段，然后很尊严地老去。"而今她真正实现了自己的诺言，飘然远行了。我永远怀念林文月先生。

（原载 2023 年 5 月 30 日《财新》公众号）

傅聪先生读过的书

2023年12月29日晨起,惊悉钢琴家傅聪先生由于感染新冠,在伦敦逝世。我马上给其弟傅敏先生发去唁电,表示深切哀悼。

我最初与傅聪先生见面并交谈了几句,是在1980年代中期,具体哪一年已不复记忆。那是傅聪、傅敏兄弟俩到上海,应出版社之邀,在淮海中路新华书店为傅雷的新文集签售。我排长队买到书,当面请兄弟俩在书上签名,傅敏先生当时还向傅聪先生介绍我:他搜集了不少父亲的佚文。

2000年夏,我到英国剑桥大学三一学院访学,在伦敦陈西滢女儿陈小滢家中,又与傅聪先生通过一次电话,主要请教其父亲傅雷1966年8月12日致其前妻的最后一通英文信的有关情况。傅雷含冤自尽后,香港林行止先生1968年在伦敦采访傅聪时,傅聪首次向他提供了此信的部分内容。我后来把此信(部分内容)中译文编入《傅雷散文》(2000年3月北京文化艺术出版社初版)。现在这通傅雷最后的家书已经收入《傅雷著译全书》第25卷(2018年4月上海远东出版社出版),使脍炙人口的"傅雷家书"更为完备了。

2008年,南京大学举行傅雷诞生一百周年纪念会和学术研讨会,傅聪先生亲自到会,并举行独奏音乐会向父亲致敬。我作为普通听众再次见到他。音乐会上,有些听众带着孩子,小孩听了一会开始走动和发出声响,正在全神贯注演奏的傅聪先生为此很生气,中止了演奏,后经主办方紧急协调,他才重新上台恢复演奏。这事给我留下了极为深刻的印象。

除此之外,我2004年12月还写过书评《傅聪望七了》,推介同年11月天津社会科学院出版社初版的《傅聪,望七了!》一书,并贺傅聪先生七十大寿。一直不知道他看到这本书没有,当时不仅北京、安徽的出版界,天津的出版界也与傅聪先生有了一段因缘。我与傅聪先生的"关系"仅止于此,或许还有一件事也值得一说。1990年,我在"上海旧书店"重新装修后的旧书展销会上,从一批沾满灰尘的旧版翻译书中检出一本长篇小说《神秘的大卫》,系美国作家埃尔忒(通译波特,Eleanor H. Porter,1868—1920)的代表作,1937年1月商务印书馆初版,列为"世界文学名著"丛书之一。打开一看,该书扉页上赫然有如下九个钢笔繁体字:

傅聪　一九四八年九月

这不就是钢琴家傅聪先生的书吗？我毫不犹豫地买下，花去人民币10元（此书封底原有"上海旧书店0.50"的售价章，又有圆珠笔"10.00"，当为原定价0.50元，后涨至10.00元矣）。傅聪签名当时为15岁，正属少年时期。由此可见，少年傅聪不仅已显露出音乐才华（他8岁半就开始学习钢琴），对外国文学也倾注了浓厚的兴趣。如果以后有人写《傅聪传》，这本小书应可作为他少年时期文学阅读的一个佐证。

虽然傅聪先生说过："在孤独的艺术世界里，只要能遇见一个知音，就是世上最珍贵的事。"他还说过："百年以后人家怎么说我，我已管不了。"然而，真正的音乐直指人心，真正的音乐也比人长寿。作为第一位在国际音乐大赛中获奖的中国钢琴家，傅聪先生在20世纪世界古典音乐演奏史上自有其不容忽视的地位。我当然不敢说自己是傅聪先生的"知音"，但他演奏的肖邦、演奏的斯卡拉第、演奏的莫扎特、演奏的海顿……都一直使我入迷，也一直会在现在和将来的古典音乐爱好者的耳畔回响。

（原载2021年1月3日香港《明报·世纪》）

痛悼刘绍铭先生

2023年1月4日清晨，复旦大学陈建华兄发来噩耗：刘绍铭先生谢世了！这真是晴天霹雳，我几乎呆住了。

记不起何时认识刘先生的，不是在香港就是在上海吧。但还清楚地记得，我们1998年7月下旬一起在太原参加中国现代文学研究会第七届年会。当时刘先生住在二星级宾馆的"总统套房"里，早餐喝小米粥，他都觉得很好奇。"总统套房"晚上蚊子很多，同去开会的许子东兄还上街为他找蚊香。这大概是刘先生第一次参加内地的学术会议。后来，我常与他和林行止先生、董桥先生等在港欢聚，每年至少一二次。而他与在港的美国威斯康星大学校友也常欢聚，他的学生吕宗力兄是我昔日同事，因此，我也有幸好几次叨陪末座。这些情景至今历历在目。

刘先生是著译等身的学界前辈，他的《二残游记》和《吃马铃薯的日子》，他翻译的奥威尔的《一九八四》，他的《曹禺论》和一系列散文、杂文及评论集，他为香港"天地图书"主编的现代散文和当代散文典藏系列，海内外皆有口皆碑，不胫而走。而我只是一个中国现代文学史的后生研究者。和刘先生每次见面都有说不完的话题，都有许许多多问题要向他请教。他很健谈，又风趣幽默，说起夏济安夏志清兄弟，更是如数家珍。刘先生主持翻译的夏志清先生的名著《中国现代小说史》第一个内地增删本，是我安排出版的，得到了夏先生和刘先生的鼎力支持。不料书出时出版社疏忽，封面竟漏印刘先生大名，我忙向刘先生深深致歉，刘先生也就释然。

与刘先生交往过程中，有不少事值得一记，但其中有三件，我一直铭记不忘，心存感激。第一件事是1990年代后期，刘先生得知我的职称问题尚未解决，大为不平，不止一次对我说：子善，你来岭南拿个博士，谁还敢说三道四？可是我懒懒散散，未能应命，有负刘先生的厚望。

第二件事是刘先生对我的张爱玲研究一直表示欣赏和支持。他自己就是杰出的张爱玲研究者，他写的关于张爱玲的书，我案头必备。所以，他对我发掘张爱玲的史料十分赞成，一再在文章中表扬我，还开玩笑地称我为张爱玲"护法"，使我很难为情。2000年，他在岭南大学主持"张爱玲与现代中文文学国际研讨会",特意邀请我参加,使我得以有机会首次见到夏志清先生。后来我又关注"海派文学",企图"重绘上海文学地图",同样为刘先生所肯定。我在台湾出版《上海的美丽时光》一书,刘先生欣然同意把他写的对我的书评《迪昔辰光》作为代序。我参与主持北京海豚出版社的"海豚书馆"书系后,提出为刘先生编一本《爱玲小馆》(《爱玲小馆》是他写张爱玲的一篇文章的题目),他很高兴,尤其对这个书名表示满意,这应是他写张爱玲的最小巧玲珑的一本书。

第三件事,那年香港新亚书店首拍一通张爱玲信札,我参拍,铩羽而归。这事林道群兄告诉了刘先生,刘先生马上致电我:子善,何必花那么多钱去拍?我送你一封。这怎么可以呢?刘先生坚持道:我们是做研究的,不能单以金钱衡量。我送你这封张爱玲的信,作为对你研究张爱玲的一个奖励,千万不要推辞,否则我不高兴了。他老人家说得我无言以答。因我返沪在即,唯恐邮寄出错,约定下次到港走领。半年多以后,我再次到港,林行止先生赐宴,刘先生亲自携张爱玲1993年1月6日致他的中文信一通,当面相赠。如此厚礼,如此高情厚谊,我却之不恭,受之有愧啊。

新冠疫情以前,北京"活字文化"拟出版新的夏济安先生的文集,找到刘先生征求他的意见,刘先生点了我的名。由于疫情,此事拖延了下来。而今刘先生已经远行,我一定不负刘先生的嘱托,与几位年轻学者一起编好夏济安文集(暂名),

以慰刘先生在天之灵。

谨以这篇小文纪念我特别敬重的刘绍铭先生。

（原载 2023 年 3 月香港《明月湾区》3 月号）

与戴天先生的两次见面

2021年5月11日在微信群见友人转帖,惊悉香港著名诗人戴天先生5月8日在加拿大多伦多逝世了。前些天正在读董桥先生的《文林回想录》(2021年香港牛津大学出版社初版),书中第八、九两节都写到戴天先生,深情地回忆当年与戴天先生共事的情景,并借用我也熟识的已故香港作家王敬羲先生的话,称"戴先生身上荡漾伦敦的鬓影巴黎的衣香",还透露黎明先生是戴先生舅舅。我1994年秋在台北参加林语堂诞辰一百周年研讨会时,曾与黎明、林太乙(林语堂长女)夫妇有一饭之雅,没想到黎先生与戴先生是舅甥关系。

我与戴天先生仅两面之缘。第一次是促成金庸先生创作武侠小说的罗孚先生结束"北京十年"幽居生活回到香港之后,大约在1990年代中期，我有次到港，致电罗孚先生，罗先生告诉我：明天中午约戴先生见面，你一起来吧。记得是在铜锣湾一间雅致的餐厅，就罗先生、戴先生和我三人。席间谈了些什么，早已忘却，不外是港台和内地的文坛种种。但戴先生善饮，却给我留下了深刻的印象。他还直率地对我不能饮酒表示遗憾：你研究郁达夫，怎么不会饮酒？这话已有不少文坛前辈对我说过，如复旦名教授章培恒先生，还有日本的纪录片名导演牛山纯一先生。以戴先生的好酒量，无疑是最有资格批评我的。而罗先生之所以安排我与戴先生同席聊天，恐怕也有介绍我多结识香港文坛前辈的用意在。

第二次见面则是2000年10月在香港岭南大学"张爱玲与现代中文文学国际研讨会"上。是会群贤毕至，连远在美国的夏志清先生也来了。戴先生到最后一天才露面，参加"张爱玲与我……"座谈，与王安忆、朱天文、苏童、蒋芸等内地和港台作家对话。戴先生发言最短，"张迷"大概会大失所望，他轻描淡写地说：

我觉得我没资格去谈张爱玲，虽然我跟张爱玲见过一面。大概是五六十年代之交，她到台北，美国新闻处请吃饭，和殷张兰熙、白先勇、王祯和在台北吃过一次饭。她在台北走了两下就这样了，说不上什么印象。后来她的《张看》在香港首先出版，也是我跟几个朋友办的一个出版社替她出版的。后来就由宋淇把版权拿去跟台湾接洽去了。我也跟她通了几次信，这些信也不知到什么地方去了，有人认为这些信很珍贵，我认为也没什么，信而已。

这些信中的一通，即张爱玲1976年1月25日致戴天先生的信仍存世，我五年前曾写《一字万金》做过介绍。但不知是戴先生忘记了还是故意隐去，他与张爱玲的关系，除了安排《张看》香港初版本的出版，还有一本书，即张译美国海明威名著《老人与海》今日世界社初版本的问世，也与他有关。今日世界社初版张译《老人与海》1972年1月在香港出版，其时主持今日世界社中文出版的正是戴天先生。这版《老人与海》撤下了香港中一出版社第三版《老人与海》中译本的张爱玲序，换上美国学者C. Baker研究海明威的长篇论文作为代序。Baker论文译者李欧梵先生后来亲口告诉我，这项翻译工作正是戴天先生约的稿。有趣的是，张爱玲序虽然撤下了，但这版《老人与海》封底所印的介绍文字中却引用了张序中的几句话：书中"老渔人在他与海洋的搏斗中表现了可惊的毅力——不是超人的，而是一切人类应有的一种风度，一种气概"，又未作任何说明。为何如此安排呢？我发现这个问题时已是2010年，戴天先生早已移居加拿大，一直想向他请教，一直没找到合适的机会，现在再也没有机会了。当然，戴天先生在对话时所说的最后一段话，我是十分赞成的：

一个作家是应该活在大众心里面的，不是神。我有点担心,张爱玲成为神,或者图腾,这是不好的现象。

(原载 2021 年 7 月《世纪》总 169 期)

忆古剑兄

2024年3月20日晨，从微信朋友圈惊悉古剑兄在香港逝世，起先还不敢相信，后经证实，不禁悲从中来。

古剑兄原名辜健，祖籍福建泉州，生于马来亚。1950年代末以侨生身份到上海华东师范大学中文系求学，毕业后在内地生活了一段时间，于1974年定居香港。他数十年如一日，致力于文学创作和编辑。历任香港《新报》、《东方日报》、《华侨日报》副刊编辑，《良友画报》《文学世纪》主编。著有《书缘人间》《聚散》《信是有情》等书，还编有《施蛰存海外书简》等。内地文学界一直有"华东师大作家群"之说，在我看来，古剑兄就是首批"华东师大作家群"中的一位杰出代表。

也许因为我从1985年起常为《香港文学》和《明报月刊》

写稿，引起了古剑兄的注意，他 1987 年间来沪宴请老同学时，也叫上了我这个小学弟。我至今记忆犹新，那次宴请除了主人古兄，客人还有戏剧家沙叶新、中学教育家过传忠等。我年纪最轻，当然是叨陪末座。记得沙叶新兄还在席上跟我开玩笑：你小子给《明报月刊》写了那么多"反动文章"，当心有人"秋后算账"。而今沙兄和古兄都已经驾鹤远行了。

承古剑兄不弃，我后来也成了他的作者。我曾到《华侨日报·文廊》上散步，也曾到《文学世纪》上闲聊。又承他信任，安排他的回忆文集《书缘人间》的内地出版事宜，这是他在内地出版的第一本书。他还命我为此书作序，使我受宠若惊。书中写了近百位现当代作家、诗人和评论家给古兄的题赠本，以及古兄与他们的交谊。其中有内地的巴金、许杰、施蛰存、艾芜、萧乾、王西彦、柯灵、黄裳和汪曾祺，台湾的台静农、苏雪林和余光中，香港的刘以鬯、陈之藩、罗孚、刘绍铭、倪匡、董桥和李碧华，还有远在美国的白先勇、聂华苓等，真是名家荟萃。他们齐聚古兄笔下，足见古兄交友之广，而这本《书缘人间》的文献价值也就不言而喻了。书于 2010 年 9 月由山东画报出版社出版，古兄很高兴，特地检出名家汪曾祺的《晚翠文谈》题赠本送我留作纪念，又使我喜出望外。

古剑兄晚年在广东珠海居住时，把藏书交由一位他信任的年轻朋友处理。这批书在网上拍卖时，我有幸拍到了几本。其中有一本苏雪林著《中国二三十年代作家》（1983 年 10 月台北纯文学出版社第二版），很值得一说。此书是古兄 1985 年到台湾拜访苏雪林时获赠的，书的前环衬有苏雪林的钢笔题字：

古剑先生哂正

      苏雪林敬赠　一九八五，四，一六

  明明古剑是后辈，苏雪林却用了"敬赠"两字，可见老人之谦和。出人意料的是，书中还夹有苏雪林写在"记事"小笺上的一段说明：

  此书原在广东出版社发行第一版，现归纯文学社，自己大加删削，但其中有数处文理不连贯，则系被该社改坏，著者不能负责。

  原来苏雪林此书最初由台湾广东出版社出版单行本，书名为《二三十年代作家作品》，时为1979年12月。四年之后，改了书名，内容也有删削，交纯文学出版社重印，却又有差错，苏雪林不满意，这张纸条就是明证。可惜的是，再无机会与古兄讨论这个有趣的文坛掌故了。

  虽说八十五岁谢世已是长寿，但古剑兄的悄然离去，仍使我很难过。古剑兄，一路走好！

导演"作家身影"的雷骧先生

2024年5月30日清晨,雷骧先生在台北逝世,享年85岁。惊悉噩耗,不禁悲从中来。

认识这位集小说家、画家、摄影家和导演于一身的台湾著名文化人,是在1990年初。他为拍摄"作家身影"系列电视片,与主其事的蔡登山先生一起来沪,我们得以相见畅叙。他生于上海,长于上海,说一口标准的上海话,使我感到很亲切。他此行还有一个访旧的愿望:我陪同他探寻小时出生和玩耍的老宅。不料他不像林文月先生那么幸运,他的旧宅已被拆除了,四周面目全非,他的失望和惆怅,溢于言表。

"作家身影"是雷导精心策划的一个庞大的拍摄计划。他曾两次荣获台湾电视金钟奖,对拍摄系列电视纪录片情有独钟。他与蔡兄合作，计划拍摄 12 位在中国现代文学史上有深远影响的重要作家，即鲁迅、周作人、郁达夫、徐志摩、冰心、朱自清、沈从文、老舍、巴金、曹禺、萧乾和张爱玲的"身影"，一人一集（一集一个小时），加上第一集"总论"，总共 13 集。当时，冰心、巴金、曹禺、萧乾和张爱玲 5 位还健在，按拍摄要求，5 位作家都要出镜，现身说法讲几句，前四位都热情配合，曹禺还是在医院病床上接受采访的。但远在美国的张爱玲婉言谢绝了，她在 1994 年 8 月 18 日复雷导的传真信中明确表示"把我包括在外"，"唯有遥寄最深的歉意"。一年之后，她就悄然离世了。张爱玲未能留下视频身影和声音，实在可惜。

雷导虚怀若谷，组织了一个"作家身影"学术顾问组，记得夏志清、钱理群、凌宇、王德威诸位都是，我也叨陪末座，倍感荣幸。因此，也得以参与郁达夫、徐志摩、张爱玲等集的拍摄。每集"作家身影"，除了介绍作家生平（包括健在作家出镜、亲友回忆，到其家乡和生活过的地方拍摄），还要展示作家各个时期的作品，并请海内外学者出镜讲解，评述作家的文学成就。我就随摄制组去湘西凤凰沈从文家乡拍摄，与雷导一起在沈从文故居流连忘返。

更值得一提的是，每集"作家身影"都有一个"情景再现"环节，这大概是雷导的首创。所谓"情景再现"，就是选择作家生平或代表作中的一二个具体情节，用电视镜头"再现"。如沈从文的《边城》，就要为翠翠拍几个镜头。而张爱玲，就设计一个她与姑姑张茂渊一起在家的镜头。这个"情景再现"是在张爱玲故居常德公寓里拍摄的（不是在她当年居住的 65 室，而是在另一个房间），我也在场。雷导挑选了两位群众演员扮演张爱玲和姑姑。事后才知道，两位群众演员来自公安系统，因喜爱影视，晚上"加班"，不意在雷导提点下出演了几分钟的张氏姑侄女。这真是一件趣事。

现在回过头去看，这部 13 集的"作家身影"抢救了大量现代文学史料，不仅拍摄手法别具一格，其文学史价值也是不言而喻的。为了拍摄巴金的"身影"，我还曾两次陪同雷导、蔡兄到武康路巴金寓所，第一次是拜访，第二次是拍摄。1993 年 12 月 21 日第一次拜访时，留下了雷导和我与巴老及其女儿李小林的合影，对我而言，弥足珍贵。一晃已经 31 年过去，而今雷骧先生也已飘然远行，我深深怀念这位为我拍过特写照和画过漫画像的亲切可爱的前辈。

悼林曼叔先生

2019年6月4日晨,从微信上惊悉林曼叔先生逝世,简直不敢相信自己的眼睛。多方求证,才得知这是确切的噩耗,不禁十分悲痛。

林先生大名,我首先从他编著的《中国当代文学史稿》得知。此书由林先生与海枫、程海合著,"林曼叔执笔,前后经过四年的时间,才得以完成",1978年4月巴黎第七大学东亚出版中心出版。此书梳理"1949—1965年十七年间中国大陆文学创作的情况"。作者虽然在海外,但对大陆文坛的观察和分析都较为到位,既不"否定的时候过于否定"也不"肯定的时候过于肯定",力争"客观地全面地从作品本身的文学价值去加以论述"。而史料掌握较为全面,也是此书的一个鲜明特色。

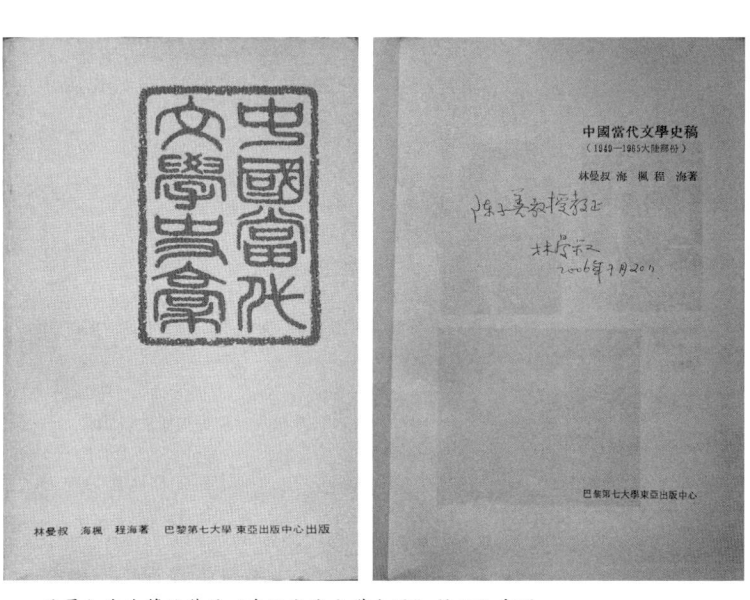

林曼叔先生等编著的《中国当代文学史稿》封面及扉页

书中提及的一些作家,如刘澍德、吉学霈,分析的一些作品,如《来访者》(方纪作)、《东风化雨》(羽山、徐昌霖著),至今都鲜有论及。此书开港台学者研究内地当代文学史之先河,林先生即便没有其他著述,单凭这本先锋之作,也足以在中国当代文学研究史上占有一个特别的位置。

我认识林先生系已故方宽烈先生介绍。21世纪之初,我有次到港开会,方先生设宴洗尘,在座就有林先生,他对我这位后学也是彬彬有礼。后来我多次到港,也与林先生多次见面宴聚。再后来他与方先生合作创办以整理香港文学史料为主的《文学研究》。《文学研究》停刊后,他并不气馁,又参与创办并主编香港的《文学评论》,直至生命的最后一刻。

在我看来,林先生对香港文学研究的重要贡献,至少有如下两点:

一、他自始至终主持了香港的《文学评论》。以香港之大之繁荣,在很长一段时间里,竟没有一本专门的文学评论杂志,这无疑令学界遗憾。林先生主编的《文学评论》填补了这个空白。他以一己之力,把《文学评论》办得风生水起,有声有色,不但在香港文坛独树一帜,而且得到海峡两岸学界同人的交口称赞,很不容易。

二、他又主编了"香港文学研究丛书",就我手头所能检出的,就有侣伦、叶灵凤、曹聚仁、徐訏、李辉英、何达、司马长风、也斯等位的作品评论集。这些都是在香港文学史上熠熠闪光的名字,整理对这些作家作品的评论,是一项基础性的研究工作，这项工作也因林先生长期不懈的努力，而得以逐步实现。正是因为林先生在香港文学评论界的重要地位，陈国球兄主持编纂《香港文学大系》（1919—1949），评论卷（二）才邀请他主编。

这样一位卓有成就的学者才78岁就弃世，确实走得早了，令人伤感。2019年以来，林先生在微信群出让藏书，我也买了几本1940年代末在香港出版的新文学著译。他来电说：放在你这里也许更有用。这似是一个不祥的预兆。直到前两个月，我还收到他寄赠的《文学散论》《编余漫笔》（《林曼叔文集》之二、之三）。

2018年刘以鬯先生逝世后，林先生第一时间向我约稿。但因拙文写刘先生主编《香港文学》时对我的关爱，最后投给了《香港文学》。对此，林先生不但不生气，还表示理解。我打算以后再写一篇谈刘先生的文章作为弥补，他很高兴。没想到这个愿望再也无法实现，只能请林先生的在天之灵原谅了。

（原载2019年6月9日香港《明报·世纪》）

穿解放鞋的古苍梧先生

2022年1月12日在一个微信群里惊悉，古苍梧兄11日在港逝世了。他年纪不大，仅长我三岁，这么快就离开了他钟爱的昆曲，飘然远行，我是很悲痛的。

我怎么认识古兄的？一时记不真切了。查我的《香港访学日志》（1993年2月8日——5月29日，刊于拙著《不日记》初集），才确认结识古兄的时间是1993年4月30日，那天下午《访学日志》记云："与黄继持、古兆申茶叙。"此前我已与香港中文大学中文系的黄继持兄见过几面了，认识古兄，是黄兄的热情介绍。八天之后，我又与古兄第二次见面，"下午至中华文化促进中心，见古兆申、陈辉扬"，那时古兄应在"香港中华文化促进中心"工作。

当然，古兄的大名我早已如雷贯耳。他在1980年代就是香港有名的《八方》文学丛刊的编辑。我藏有几乎全套的《八方》，对古苍梧这个名字当然很熟悉。在我看来，整个1980年代的香港文坛，郑树森先生主编的《八方》和刘以鬯先生主编的《香港文学》可谓双峰并峙，各有千秋。我为《香港文学》写过不少稿，却没有为《八方》写过稿，一直引以为憾。后来，郑先生主持台湾《联合文学》月刊，我才为他写过几次稿，算是略有弥补。

未为《八方》撰稿，也就失去了与编辑古苍梧兄合作的机会。20世纪90年代（当在1993年之后，具体哪一年已记不清了）古兄出任《明报月刊》主编，曾专门来函约稿，记得一时没有合适的题目，未能报命，有违他的雅意，这是我的不是了。

古兄是个有趣的人。一次在香港中大校园邂逅，我突然发现他足蹬一双很新的"解放鞋"，在校园里颇为显眼，不禁开口问他：老兄怎么穿我们内地以前流行的"解放鞋"？他笑了，答曰：穿着走路很舒服啊。这是大实话，我听后也不禁笑了。两人又闲聊了几句，遂道别分手，各自忙各自的去了。

古兄更是个好学的人，执着的人。他曾参加美国爱荷华大学的"国际写作计划"，又至法国索邦大学攻读哲学及法国现代文学。无论写学术专著《今生此时，今世此地》（香港牛津大学出版社版），还是投身于昆曲传统剧目的推广和改编工作，古兄都是全力以赴，极其认真，不臻完美决不罢休。他这部

《今生此时》曾经送我，要我"指正"，其实此书颇为扎实，颇有见地，一直是研究张爱玲和四十年代上海文学的重要参考书。而他对昆曲的痴迷，多年仆仆奔波于香港、上海、苏州、杭州等地，我是十足的外行，不敢置喙，但我对他为弘扬祖国优秀传统文化所做的可贵贡献，是十分钦佩的。

友人转来一张1990年代中期摄于香港的合影，古兄正好在场。照片前排左起：杜渐、陈子善、小思、黄继持。后排左起：古苍梧、许定铭、陈辉扬、陈浩泉、黄俊东、冯伟才。应是我到港开会或访台途经香港，与香港现代文学研究界和读书界朋友的一次欢聚，很温馨的场面。其中，书画家黄俊东兄最年长，也研究张爱玲的陈辉扬兄最年轻。时光飞逝，黄继持兄最早离世，古苍梧兄现在也走了。陈浩泉兄在加拿大，黄俊东兄在澳大利亚，杜渐兄和许定铭兄在美国，冯伟才兄在广东惠州，陈辉扬兄不知在哪里，只有小思老师仍在香港留守，而我一直在上海。我想这张照片是个小小的见证，证明那时我们这些人为香港和内地的文学交流工作过，努力过。

这篇小文沉痛悼念古苍梧兄，同时也寄托我对这张合影中其他各位曾给我很大帮助的香港文坛朋友的思念。

（原载2022年2月6日《新民晚报·夜光杯》）

不断转我微信的曹景行先生

曹景行兄比我大一岁,是名副其实的兄长。1993年上半年,我访学香港中文大学英文系,有机会结识已在香港《亚洲周刊》工作的曹兄,而结识地点正是港岛北角的罗孚先生寓所。

1993年5月11日下午,我按约到罗寓拜访,这是我第二次到罗先生家。曹兄已先我而至,罗先生向我介绍:曹景行,曹聚仁公子,原在复旦。这样,我们就算认识了。我研究鲁迅和中国现代文学史,当然不会不知道曹聚仁的大名。我参加注释的鲁迅1934—1936年的书信中,致曹聚仁函就有14通(现存鲁迅致曹聚仁函总共26通)。罗先生也多次向我谈到曹聚仁,尤其是他与曹聚仁合作,在香港发表知堂晚年作品事。但没想到曹聚仁的儿子也追随父亲的足迹到了香港,与父亲一样从事记者和时事评论工作。首次见面,虽然不熟,但我看得出来,曹兄很敬重罗先生。还有一个细节,我至今记忆犹新,罗先生家那只已高龄的白猫,曹兄和我都逗它玩了一阵。当晚,罗先生在附近餐馆赏饭,我的日记是这样记载的:

晚罗孚宴请,见曹景行谈知堂致曹聚仁书信事。

这次初见后,好长时间未与曹兄再联系,几乎相忘于江湖了。那时可不比今日,可随时加微信建立热线联系。但我知道曹兄后来加盟"凤凰卫视",干得风生水起,已成了海内外著名的媒体人。直到2010年前后,记得一次文学名刊《收获》的程永新兄招宴,与曹兄在饭桌上阔别重逢。我们聊得很开心。那时我已通过香港鲍耀明先生的介绍,也结识了曹兄的姐姐、表演艺术家曹雷。我与曹兄又谈起知堂致曹聚仁书信的重新整理出版一事,因为香港虽已出过《周作人曹聚仁通信集》,却编得很不理想。曹兄答曰:他太忙了,此事他姐姐在处理。

此后,我与曹兄算是恢复了联系,虽然联系仍不频繁,颇有点"君子之交淡如水"的味道。曹兄已回到上海,仍是那么精力充沛,那么四处活跃,在电视上,在各种不同的场合。其间他帮过我一个忙。2018年12月,我主编的《现代中文学刊》第6期拟刊出知堂研究专辑,我想到了曹兄,向他约稿。他二话没说,一口应允,与女儿曹臻合作,撰写了《"只求心之所安"》一文,回顾了乃父曹聚仁、罗孚与知堂的交谊,尤其较为完整地评述了《知堂回想录》的撰写、连载和出版的艰辛曲折过程,颇具史料价值,使这期拙编颇为增色。"求心之所安"是曹聚仁《〈知堂回想录〉校读小记》中的原话,意为出版《知堂回想录》不求有功,只"求心之所安","知我罪我,我都不管了。"曹兄此文后经修订,收入2019年香港牛津大学出版社新版《知堂回想录》。曹兄曾担任暨南大学、清华大学等校的客座教授和高级访问学者,但在学术刊物上发表评论,这也许是唯一的一次?

大概在此之前,我和曹兄互相加了对方微信。他确实不负"一个人的通讯社"的美誉,每天在朋友圈转发的微信达数百条之多。他为此特别告诉我:我发的信息很多,你没有兴趣,忽略就是。他经常转发我在微信朋友圈的发文,但他逝世后我才知道,他2月7日转发的最后一批微信中,竟有我的《漫谈"百花散文小丛书"》。我马上上网查看,发现此文前一篇《"徐志摩拜年"》,他也及时转发了。我这些谈文说艺的小文,在他大量转发的政经微信中实在突兀,也不会有多少人阅读,真难得他的好意!可惜的是,已无从谢他了。

(原载2022年3月1日《新民晚报·夜光杯》)